김봉철 김현경 손현녕 안리타 오수영 오종길 이학준

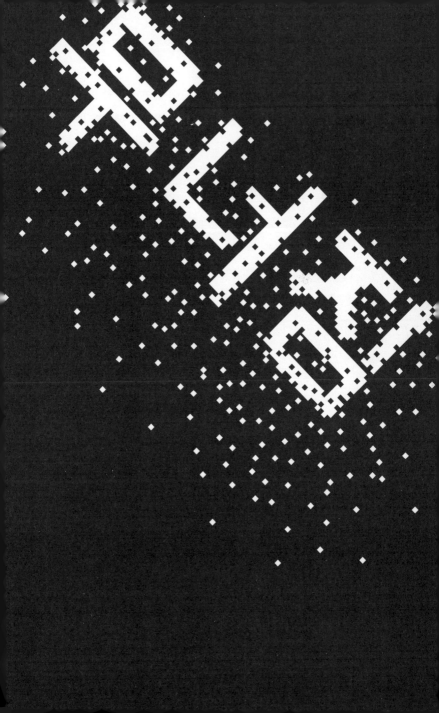

마음이 무너진 적 있나요?

누군가는 베란다에 서서 바닥에 떨어지면 참 편안할 거라 생각을 했다고 합니다. 또 다른 이는 파도가 데려간 친구 생각에 바닷가에 갈 수가 없었다고 합니다. 저는 밥을 먹을 때였습니다. 가족의 한마디 말에 아주 깊은 곳에서 아픈 것들이 마구 쏟아져나왔습니다. 거침없이 큰 덩어리가 찾아오는 때도 있도 아주 작은 상처들이 계속 반복되기도 합니다. 상담, 약물 치료, 또 지인들의 도움. 무너짐을 해결하는 방법에는 여러 가지 길이 있습니다. 어쩌면 무엇보다도 가장 필요한 것은 마음 속 깊은 곳에서 웅크리고 있는 나를 오롯이 바라보는 일이라는 생각을 했습니다. 때로는 나 혼자 힘든 게 아니라는 그 실오라기 같은 생각이 커다란 위로가 됩니다.

다행히 꽃을 보고 웃으려 애쓸 필요가 없습니다. 이 겨울에는 조용히 스스로에게 침잠하여 무너짐 그 자체에 집중해보면 됩니다. 다소 어둡고 낮은 톤이더라도 우리는 마음을 들여다보는 깊은 시간이 필요합니다.

무너짐에 대해 자신의 이야기를 들려줄 7명의 작가 님들께 출간 제안을 드렸습니다. 7명의 작가님들은 저마다의 무너짐을 그려주셨습니다. 픽션이기도 하고 논픽션이기도 합니다. 작가님들의 원고를 읽으면서 다시금 깨달은 것은 무너짐은 늘 있다는 것입니다. 어마어마하게 버겁고 무너짐의 한계선 또한 존재하지 않는 것 같습니다. 더 이상 떨어질 수 없겠다 싶은 나락은 더 아래로 아래로 추락합니다. 한마디 말이 비수가 되고 나 혼자 덩그러니 괴로운 것 같은 비관적인 생각들은 꼬리에 꼬리를 물고 스스로를 잠식합니다. 이런 무너짐에서 벗어나려고 발버둥 치기보다 그저 견뎌낼 수 있는 마음의 근육을 조금씩 길러보면 어떨까요. 운동을 시작하는 것처럼. 작은 확신들, 작은 믿음들, 작은 희망을 쌓으며 마음을 단단하게 만들기 위한 여정을 시작했으면 좋겠습니다. 무너짐은 그저 매일매일에 깃든 그 무엇, 앞으로도 같이 살아가야 할 필연일지도 모릅니다. 이 겨울에 무너짐을 담담히 바라보세요. 이 책이 그 여정의 시작을 함께할 수 있으면 좋겠습니다.

엮은이 이상영

무너짐에 익숙한

사람은 어디 없다

소혜녕

"나는 이 세상에서 가난하고 외롭고 높고 쓸쓸하니 살어가도록 태어났다 그리고 이 세상을 살어가는데 내 가슴은 너무도 많이 뜨거운 것으로 호젓한 것으로 사랑으로 슬픔으로 가득 찬다 그리고 이번에는 나를 위로하는 듯이 나를 울력하는 듯이 눈질을 하며 주먹질을 하며 이런 글자들이 지나간다

하늘이 이 세상을 내일 적에 그가 가장 귀해하고 사랑하는 것들은 모두 가난하고 외롭고 높고 쓸쓸하니 그리고 언제나 넘치는 사랑과 슬픔 속에 살도록 만드신 것이다 초생달과 바구지꽃과 짝새와 당나귀가 그러하듯이 그리고 또 '프랑시쓰 쨈'과 도연명과 '라이넬 마리아 릴케'가 그러하듯이"

백석, 〈흰 바람벽이 있어〉

앞의 시는 백석 시인의 〈흰 바람벽이 있어〉의 한 구절인데요. 시인 백석은 어디까지, 얼마나 무너졌기에 이런 시를 쓸 수 있었을까요. 외롭고 높고 쓸쓸한 것을 운명처럼 숙명처럼 받아들였던 그를 생각하면 이상하게도 세상에 혼자만은 아니라는 생각이 듭니다. 저 대목을 읽을 때면 자주 눈에 눈물이 괸니다. 제 가슴도 백석 시인처럼 너무도 뜨겁고 호젓한 것으로 그리고 넘치는 사랑과 슬픔으로 가득 차오르기 때문일까요. 평탄하지 않아 자주 넘어지고 무너지는 삶에 동정심이 일기라도 하는 걸까요.

다만 무너짐은 저를 성장하게 하는 원동력이기도 합니다. 우리가 얼마나 성장했는지 알기 위해서는 그 무너짐의 순간을 볼 수밖에 없습니다. 그런데 가끔은 어쩌면 인생은 원래 무너짐 그 자체인지도 모르겠습니다. 이런 결론을 먼저 내놓고 이야기하자니 맥이 툭 빠지지만 말입니다. 원래 무너져내리는 것이 인생인데 어찌 그리 아등바등하는지 말이에요. 악이 있기에 선이 있고, 빛이 있기에 그림자가 지는 건 잘 알면서 무너짐은 행복의 가장 큰 전제조건이라는 건 받아들이기가 힘들어요. 그러므로 백석 시인은 넘치는 사랑과 슬픔을 강조하고 있는지도 모르겠습니다. 넘치는 사랑이 있으려면 넘치는 슬픔이 전제되어야 하니까요.

이제 저의 무너짐을 생각합니다. 저는 시도 때도 없이 무너지는 인간이라 몇 순간을 골라내자니 어렵기만 합니다. 무너짐이란 좌절, 절망과 비슷한 것이겠지요. 이 역시 추상적인 느낌이 크므로 잘 다가오지는 않습니다. 그런데 '아, 저 사람 지금 무너졌구나.'를 두 눈으로 확인하고 그 말의 뜻을 온몸으로 받아들인 적이 있습니다. 초등학교 6학년 때였어요. 무슨 일인지 아버지께서 거실 한복판에 엎어진 채로 땅을 짚으며 엉엉 울고 계신 거예요. '아, 저게 바로 무너짐이구나. 절망과 좌절 그리고 내가 어쩔 도리가 없을 때 인간은 저렇게 무너지는구나.' 성인이 된 후 그날을 돌아보면 그게 그렇게 사무치게 아픈 겁니다. 한 사람의 무너짐이, 내 아버지의 무너짐이 참 아픈 겁니다. 아버지의 무너짐을 보고 나서 느꼈어요. '모든 것이 괜찮아 보여도 괜찮은 것이 아니구나. 보이는 것이 다가 아니구나.' 무너짐은 삶에 필수불가결한 요소인데 받아들이기가 어렵기만 합니다.

당신의 가장 어두웠던 시절, 그렇기에 더 밝을 수 있었던 시절은 언제였나요? 우리는 무언가를 깨달았을 때 비로소 무너질 수 있습니다. 무너뜨려야만 합니다. 나는 내가 쌓은 벽이 너무도 높고 단단했으므로 그 벽을 무너뜨리지 않으면 다른 세상을 볼 수가 없었습니다. 그래서 필히 무너져내려야만 했습니다. 깨달음, 그리고 무너짐. 이제야 직면합니다. 날 무너뜨리게 했던 여러 번의 순간은 지나온 과거 속에 자리 잡고 있었습니다.

무수히 많았던 무너짐의 순간 중 단 몇 장면을 뽑아 당신과 나누어보려 합니다. 타인의 불행으로부터 위안을 얻는 것은 악일지도 모릅니다. 하지만 나의 무너짐으로부터 당신이 위안을 얻을 수 있다면 얼마든지 내어드리고 싶습니다. 서로가 서로에게 악인이 되어 서로에게 선이 된다면 얼마든지 악인이 되고 싶습니다. 먼저 저의 무너짐을 들려드립니다. 서로에게 생살을 내어주는 우리, 무너짐에 작은 위안이 되어주기를 바랍니다.

무너짐 1

　　어지간한 사람보다 더 심한 고무줄 몸무게를 가진 저는 일생을 다이어트로 점철된 인생을 살아야 할지도 모르겠습니다. '이건 전부 체질 때문이야. 엄마 아빠의 유전자가 그런 걸 어쩌겠어.'라는 기적의 논리는 건강하고 아름답게 살아갈 날들에 도움이 되지 않는다는 걸 우리 모두 알고 있습니다. 그래서 이 핑계, 저 핑계 다 제쳐두고 다이어트와 건강 관리는 저에게 숙명이 되었습니다. "세상에는 왜 이렇게 맛있는 게 많을까?" 친구에게 물은 적이 있습니다. 친구는 "난 먹는 게 정말 귀찮아. 집에 있으면 움직이기 귀찮아서 배고픔을 그냥 참기도 해. 뭘 먹는다는 게 귀찮아서 차라리 모든 영양 성분이 알약 하나에 채워져 있었으면 좋겠어. 그럼 시간도 아낄 수 있고 얼마나 좋을까."라고 대답합니다. 조금도 이해하지 못할 말들을 늘어놓은 친구 앞에서 저는 왠지 모를 부러움과 양심의 가책을 느껴야만 했습니다. 동시에 왕성한 식욕이 부끄러울 때가 있다는 걸 처음 느낀 순간이기도 합니다.

　저는 하루도 바지런히 먹지 않은 날이 없었습니다. 키가 크기 위해서 먹었습니다. 물론 옆으로도 클지는 몰랐는데요. 한창 자랄 청소년 시기에는 여느 집 남자아이들만큼 먹었지요. 짜장 라면은 한 개 먹으면 정이 없다는 핑계로 두 개를 먹어야 흐뭇한 미소를 지었답니다. 짜장 라면 이야기를 하니 어떤 일화가 생각나네요. 열일곱 살 남자아이가 혼자서 짜장 라면 다섯 봉을 끓여 먹고 행사로 받은 한 봉이 더 있어서 또 끓여 먹었더니, 어머니께서 진지한 역정을 내시며 이렇게 말씀하셨다고 합니다. "내가 차라리 소를 키우면 키웠지. 니는 도저히 못 키우겠다." 저는 이 이야기가 남이야기가 같지 않았습니다. 다행히 자라날 때의 식욕이란 얼마든지 먹어도 사회에서 용인 가능한 수준이 아닐까 합니다. 그런 실정이니 오죽하면 뚱뚱하게 살이 오른 학생에게도 어른들은 이야기합니다. "괜찮아. 대학 가면 다 살 빠져서 멋있고 예뻐져."라고 말입니다.

　물론 저 역시 그런 말을 마치 용한 무당의 예언처럼 듣고 자란 사람 중 한 명입니다. 대학교에 가면 마치 샴푸의 요정처럼 입학과 동시에 샤랄라- 하고 날씬해질 거라고 내심 믿고 있었는지도 모릅니다. 그런데 당신도 알고 있을 거예요. 그런 기적은 세상 어디에도 없다는 걸요. 바지런히 먹어서 찐 만큼 바지런히 운동하며 소식해야 빠지는 게 지방이라는 걸요. 우리가 어떤 의지를 다지고 결심하는 순간부터 무너짐은 그림자마냥 따라다니기 시작합니다. 그렇다면 의지를 다지는 일은 그림자가 나를 잠식하지 않게 하도록 노력하는 것 그 이상 이하도 아닌 것일까요.

스무 살, 그래 어쩌면 어른들 말씀이 틀린 것 하나 없을지도 몰라요. '대학에 가면 다 멋있고 예뻐져.'라는 문장에는 빠진 성분이 있을 뿐이었어요. '대학에 가면 (좋아하는 사람이 생겨서) 다 멋있고 예뻐져.'처럼 아주 중요한 문장 성분이 빠져 있었어요. 한번 볼까요. 나에게 어떤 의미를 가진 타인의 존재는 나를 더 나은 사람으로 만들어요. 그렇지 않았나요? 우리가 자꾸만 신경 쓰이는 사람이 생기면 그 사람에게 더 좋은 사람이고 싶었던 적이 있지 않았나요. 그것은 아주 화력 좋은 의지가 발동되기에 충분한 조건이죠.

저 역시 대학에 가면서 좋아하는 사람이 생기니 삐죽 튀어나온 뱃살과 보름달마냥 터질 것 같은 볼살이 조금씩 신경 쓰였어요. 좋아하는 사람의 존재, 동시에 날씬하고 예쁜 친구들과의 비교만으로도 다이어트의 동기 유발은 충분했어요. 나에게 의미 있는 사람에게 나도 의미 있는 사람이 되고 싶은 마음으로 하루를 쉬지 않고 운동에 매진했어요. 아침에 일어나면 공복에 30분 빨리 걷기를 하고 하루 세 끼 건강한 식단으로 소식을 했지요. 물론 정크 푸드는 단번에 끊어냈어요. 사람 사이도 그렇잖아요. 찔끔찔끔 끊으면 견디지 못할 것 같았어요. 그리고 저녁 운동으로 줄넘기 2천 개를 뛰었는데요. 석 달 동안 비가 내리고 바람이 불어도 우

산을 쓰고 우비를 입고 운동을 하러 나섰어요.

　　그러던 어느 날 학교 복도에서 모르는 학생이 말을 걸어오네요? 그동안 저를 지켜보던 남자였을까요? 아니, 처음 보는 여학생이었어요. "저기요, 혹시 살 진짜 많이 빠지지 않았어요? 지나가면서 몇 번 봤었는데 볼 때마다 살이 빠지시는 게 너무 신기해서요. 어떻게 빼셨어요? 정말 대단하세요." 이렇게 남의 눈에, 그것도 모르는 사람 눈에 띌 정도면 잘하고 있다는 건 확실했어요. 정확히 17kg이 빠졌고 활활 불타오르는 의지는 저를 탄탄대로 위에 얹어두었습니다. 달려오는 무너짐의 속도는 모른 채 말이에요.

　　나를 알아차리는 자의식에 타자는 빠질 수 없어요. 비록 타인으로 인해 다이어트가 시작될 수 있었지만 그 경험을 바탕으로 저는 제 몸이 더욱 건강하게 만들어질수록 나를 사랑할 수 있었어요. 그런데 늘 따라다니는 무너짐 녀석의 존재를 간과했던 저에게 무너짐은 이제부터 두각을 드러내기 시작했어요. 연애를 시작했는데요. 분명 좋아하는 사람에게 더 좋은 모습을 보이려 격렬한 노력으로 다이어트에 성공했는데 좋아하는 사람과 함께 시간을 보내다 보니 금세 살이 다시 차오르기 시작한 거예요. 행복한 연애였음에는 틀림없어요. 15kg이 다시 돌아온 걸 보면 말이에요. 밤낮없이 함께 맛있는 걸 먹으러 다니고 운동할 시간이 없다는 핑계를 대며 놀러만 다녔으니 예전의 타올랐던 의지는 검은 재가 되고도 남은 시간이었어요. 15kg을 얻고 그 사람을 내어준 것이 행복한 연애의 결말이었지요.

　　　당신은 이별 후 끼니를 잘 챙겨 드셨나요. 대부분 헤어지면 입맛이 없어진다고 하던데, 다이어트 중 최고는 이별 다이어트라는데. 저는 이 세상 사람이 아닌가 싶을 정도로 입맛에 변함이 없었어요. 이별의 아픔에 눈물을 흘리면서도 치킨과 맥주는 목구멍으로 잘 넘어가기만 했어요. 어느 가수가 부른 '밥만 잘 먹더라'가 내 이야기인가 싶을 정도로 말이에요. 오히려 저를 위로하고 달래주는 것은 치킨과 맥주, 피자, 햄버거 친구들이었어요. 자, 또 한 번 기적의 논리를 들 수밖에 없어요. "난 원래 이런 몸으로 태어난 거야. 엄마 아빠가 날 이렇게 낳은 거잖아!" 우습지요? 인간은 합리화의 괴물이라는데 딱 그때의 저를 두고 한 이야기 같아요.

　　　그렇게 스무 살의 다이어트 꿈은 와르르 무너져 다시 원점이 되었어요. 게다가 1년, 2년 시간이 지날수록 예전처럼 다이어트가 쉽지는 않았어요. 젊을수록 살이 잘 빠진다는 건 반박할 수 없는 사실이었어요. 20대 중반까지만 해도 하루 이틀 소식하고 운동하면 쭉쭉 빠지던 살들이 더 이상 말을 듣지 않았어요. 지방이라는 녀석이 귀에 속삭이네요. '아유~ 움직이기 귀찮아. 너도 늙지? 나도 늙어~ 나는 천천히 갈 테니까 너는 더 열심히 해야 해.' 호기롭게 의지를 다진 다이어트가 행복한 연애 앞에 한 번 무너지고 또 한 번 나이 앞에 무너졌어요.

증량, 감량, 증량, 감량. 감개무량하게도 마지막 단어는 감량에서 멈추었어요. 감량한 상태로 조금은 불행하게 또 조금은 행복하게, 찌기도 하고 빠지기도 하면서 지내던 어느 날 다시 한 번 무너짐의 복선이라도 깔듯 사건이 발생합니다. 엘리베이터가 없는 3층 원룸 건물에서 자취를 할 때였는데요. 밤중에 음식물쓰레기를 버리러 계단을 내려가다가 그만 발을 헛디뎠습니다. 처음 느껴본 고통이었어요. 헛디딘 순간 '꽉-!' 끊어지고 터지는 엄청난 굉음이 뇌를 울렸는데 인대가 끊어지고 뼈가 부러진 소리였나 봅니다.

그 와중에 음식물쓰레기를 흘릴까 한 손에는 쓰레기통을 쥐고 엉엉 울며 소리를 질렀습니다. 다른 호수의 사람들이 나와서 119라도 불러주기를 바라는 마음으로 말이에요. "도와주세요. 제발 도와주세요!" 한참 울면서 소리를 질렀는데, 소름이 끼치는 건 도움을 요청할수록 도란도란 말소리와 텔레비전 소리가 들렸던 건물 복도가 조용해지며 아무도 나와 보지 않았던 것이에요. 아마 사람들은 강도가 나타났다고 생각했을지도 몰라요. 그래서 괜히 자기도 봉변을 당할까 싶어 나오지 않았을 거예요. 이해해요. 당연히 이해하죠. 저라도 멈칫 했을 테니까요. 그날 저는 어떻게 됐을까요. 발목이 반대로 꺾여서 덜렁거리는데 사람들은 나와 보지 않고, 휴대폰도 없었던 위기의 상황. 저는 과연 어떻게 됐을까요. 당신이라면 어떻게 했을까요.

그런데 그때, 아니 세상에 이런 일이 있을 수가 있

나? 싶은 일이 벌어졌어요. 갑자기 현관 1층에서부터 센서등이 켜지면서 우리 아버지가 등장했어요. 〈트루먼 쇼〉가 있다면 바로 그 순간이었을 거예요. "아빠" 하고 부르며 순간 울음이 터져나왔어요. 아버지는 "왜 여기 이러고 앉아 있어. 빨리 일어나. 일단 그 쓰레기통부터 줘봐라."라고 말씀하시며 제 손에 쥐어진 통을 가지고 먼저 나가버리셨어요. "아빠 내 발목이……"라고 말할 틈도 주지 않았어요. 경상도식 무뚝뚝의 결정체! 아버지는 단순히 발목이 접질려서 엄살 부리는 줄 알았다고 하셨어요. 쓰레기통을 다 비우시고도 제가 내려오지 않자 다시 올라오셔서 저를 부축해서 차에 태우셨어요. 엉엉 울면서 발목이 이상하다, 아프다 말하는 저를 싣고 향한 곳은 병원이 아니라 부모님 집이었어요. 엄살 부리지 말라며, 집에서 쉬면 괜찮다던 아빠의 말과 다르게 점점 제 발은 핏줄이 다 터져 새카맣게 변하고 있었어요. 그리고 발목은 엄청난 속도로 부어오르기 시작해서 살짝 디디기에도 고통스러운 상황까지 오고야 말았지요. 그제서야 가족은 저를 싣고 근처 응급실로 향했고 내일이라도 당장 수술을 해야 된다는 의사의 말에 입원부터 했답니다. 그렇게 뚝 끊어진 인대와 부러진 뼈를 접합하는 수술을 하고 두 달. 두 달을 깁스하고 재활하며 보냈어요. 거의 누워 지낸 시간이었지요. 깁스를 풀고 나니 근육이 모조리 빠진 오른쪽 다리는 내 것이 아닌 수준이었어요. 그런데 정작 문제는 다리가 아니라 몸이었어요. 하루에 한 보도 걷지 못하고 두 달

20

을 가만히 누워서 피자, 치킨, 과자, 빵 등 음식은 너무도 잘 챙겨 먹었으니 지방세포들은 옳다거니 신난다 쾌재를 부르며 부풀어 올랐던 거예요. 그렇게 다시 20kg 증량. 다이어트는 무너졌어요. 처참히. 아니, 건강이 무너졌어요. 생리 불순의 시작. 우리 몸은 위기를 느끼면 생존과 먼 것부터 하나씩 기능을 멈춘다고 해요. 그와 관련된 기능이 가장 첫째로 생식 기능인데요. 당장 6개월 사이에 20kg이 증가하니 내 몸은 '이게 무슨 일이야? 얘 왜 이래? 왜 이러지? 일단 얘 아기는 못 만들게 하자!'라며 자궁 난소 쪽 친구들은 일을 멈췄을 거예요. 석 달에 한 번씩 생리유도제를 맞지 않으면 자궁 내막만 두꺼워지고 생리를 하지 않았고, 의도적인 힘으로만 생리를 하는 지경에 이른 것이에요.

살아야 한다. 처절한 동기 유발이지요. 살기 위해 다이어트를 해야 하는 때가 왔어요. 옛날에는 좋아하는 사람을 위해 다이어트를 했는데, 그 동력은 모두 내가 아닌 타인과 밖으로부터 존재했단 말이죠. 그런데 이제는 그 이유가 온전히 나에게서 시작되었어요. 그래서 더딘 걸지도 몰라요. 그래서 실패의 고비가 더 자주 올지도 몰라요. 하지만 그렇기에 오래갈 거라는 사실은 분명해요. 타인보다 내가 나 자신과 더 가깝고, 나는 나를 떠나지 않을 것이므로. 나는 나와 계속 생을 마감할 때까지 함께 살아가야 하므로. 무너져도 일으켜 세울 사람은 나이므로. 이 다이어트의 무너짐. 건강의 무너짐은 다시 시작할 기회를 주었어요. 무너져도 다시 일어나고, 또 무너져도 다시 일어나야 합니다. 결국 자의식은 타자를 배제할 수 없지만 모든 것의 시작과 끝엔 '나'가 존재하고 있음은 잊지 말아야 합니다. 그 다짐을 이어가며 5kg을 감량한 지금, 앞으로 걸어갈 길을 나 스스로에게 응원하며 힘을 보냅니다. 20kg이 커 보여도 5kg을 네 번 감량하면 20kg이라는 건 어쩐지 할 수 있을 것만 같으니까요.

굳이 다이어트가 아니어도 모든 건강의 무너짐에는 다시 바른 습관을 시작할 용기가 필요합니다. 금연, 다이어트, 식이조절 등 천천히 줄이든 한번에 줄이든 줄이는 것 자체에 의미가 있겠지요. 그리고 자주 궁금해해야 합니다. '왜 잘하다가 이때 무너졌을까? 난 왜 잘해오다가 연애만 하면 살이 찌는가. 왜 다이어트에 늘 무너지는가.' 그 질문을 자주 던지다 보면 서서히 건강 앞에 무너짐의 순간이 줄어들지 않을까 기대할 수 있습니다. 건강 관리는 정말 늦었다고 생각할 때가 정말 늦은 때일 수도 있어요. 그러니 이 글을 읽는 당신, 나와 함께 무너진 건강을 다시 한 번 일으켜세워보실래요. 혹시 무너지지 않았다면 지금의 건강을 나와 함께 유지해보실래요.

무너짐 2

　　사랑에 실패해본 적 있으신가요. 사랑으로 인해 내 모든 세계가 무너짐을 겪어본 적 있으신가요. 저의 첫사랑은 스물두 살에 끝이 났어요. 심장에 정을 대고 못을 박는 무너짐의 기분. 철렁- 마음이 저 바닥까지 떨어져내리는 기분은 태어나 처음 느껴본 것들이에요. 봄밤, 달빛 아래 나란히 걸으며 손등이 살짝살짝 부딪히다 손바닥을 서로 부여잡아요. 뾰족한 바늘 끝을 갖다 대면 곧 터질 것 같은 심장을 부여잡고 설레던 그날은 잠을 이룰 수 없었지요. 싸우고 사랑하고 싸우고 사랑하고, 말없이 토라지고 속마음을 표현하면 도망갈까 숨기던 날들의 연속이었어요. "우리 헤어져." 이 한마디로 그 사람 마음에 겁을 주면 날 더 사랑할거라 어리석은 오해를 했던 나에게 당연한 결말일지도 모르겠어요.

　　수업이 끝난 그의 강의실 앞에 도시락을 들고 몰래 기다렸던 날. 당황한 표정과 썩 반갑지 않은 얼굴로 나를 마주한 그의 모습에서 더 이상 사랑은 남아 있지 않은 우리 사

23

이의 안타까움을 느꼈어요. 거기서 멈추어야 했는지도 몰라요. "내가 부끄러워?" "아 아니, 연락이라도 하고 오지. 이렇게 갑자기 일어나는 일 싫어하는 거 알잖아." "미안해, 안 그럴게……" 사랑이 무너져내리고 있음을 부정하고만 싶었어요. 사랑은 무너지고 그 자리에 집착이 차오르는데 저는 그게 사랑인 줄 알았어요.

중요한 시험 전날, 전화를 받지 않는 그. 잔뜩 불안하고 걱정된 마음으로 잠도 제대로 못 자고 시험장으로 갔어요. 잔 듯 만 듯 새벽에 눈을 떠 가장 먼저 전화기부터 확인했지만 그로부터 아무런 연락이 없었고 모든 화는 금세 걱정으로 바뀌었어요. '이 사람이 아픈 건 아닐까. 무슨 사고라도 났을까. 연인이 연락 없는 이유는 3중이라고 하던데 상중, 병중, 아웃오브 안중. 누가 돌아가셨을까? 극심한 병에 걸렸을까? 당연히 내가 그에게 안중에도 없는 건 아닐 거니까.' 인간은 제멋대로 생각하기 좋아하는 동물이지요. 자기합리화가 낳은 괴물이 또 등장했어요.

시험장, 곧 시험이 시작될 텐데 전화기에 모르는 번호가 찍혀 진동이 울렸어요. 손에는 노트가 쥐어져 있지만 글이 눈에 들어올 리가 없었죠. "여보세요?" "음. 저기 은호 친구예요?" 50대 여성의 음성이었어요. "네. 누구세요?" "어, 나 은호 엄마예요. 혹시 은호 연락 온 거 없어요? 은호가 어제 저녁에 나가서 아직까지 연락이 안 되네요. 걱정이 돼서 집 전화 발신 목록에 있는 번호로 전화를 걸었어요."

"아, 그러셨구나. 안녕하세요. 손현녕이라고 합니다. 저도 어제부터 연락이 안 돼서요. 연락이 닿으면 이 번호로 전화 드릴게요. 너무 걱정 마세요 어머니." 전화를 내려놓고 저는 곧 시험인 사실은 까마득히 잊은 사람처럼 얼이 빠진 채로 눈물이 그렁그렁 맺혔어요. '정말 무슨 일이 일어났구나. 사고가 났구나. 어떡하지.' 손이 달달 떨려서 연필도 제대로 못 쥐었어요. 그런데 세상은 돌아가잖아요? "자- 시험 시작합니다. 모두 보던 책 넣으세요."

답안지에 어떤 내용을 썼는지도, 아니 어떤 문제가 나왔는지도 모르게 시험 시간은 지나갔어요. 그리고 다시 한 번 그 사람에게 전화를 걸었어요. '뚜- 뚜- 뚜- 철컥! 어? 받았다!!!!' "여보세요? 여보세요? 오빠야. 오빠야!" "어, 현녕아. 많이 기다렸지. 미안." "오빠야, 엄청 걱정했다. 괜찮나? 무슨 일 있었나." "응, 어젯밤에 우리 엄마가 쓰러지셔서 응급실에 실려 가셨는데 이제야 정신이 드네. 미안. 연락 기다렸을 텐데, 너무 정신이 없었어." 어제 어머니가 응급실에 실려 가셨다는 그의 말에 심장이 터질 듯이 요동쳤어요. 두 시간 전에 나에게 전화를 걸어온 사람도 오빠 어머니였을 텐데, 얼굴이 화끈거렸어요. 저는 할 말을 잠시 잃었어요. "여보세요? 현녕아. 듣고 있어? 여보세요?" "…… 어. 듣고 있다. 오빠야 근데…… 오늘 아침에 어머니가 오빠야 연락 안 된다고 나한테 전화하셨다. 어머니한테 연락 먼저 드려라. 걱정하시더라." 그 와중에 그놈 어머니 걱정이라니, 지금 보니 참 바보 같았어요. 그렇죠? 그렇게 전화를 뚝 끊고 나니 마음에 구멍이 난 것 같았어요. 그 기분은 지금도 참담하게 다가오네요.

집에 가는 길, 버스 안에서 눈물이 하염없이 흘렀어요. 주르륵 흘러내리는 눈물이 윗옷을 적셨는지 가슴에 닿는 티셔츠가 차가웠어요. 사랑이 무너지는 과정은 처참했어요. 신뢰의 무너짐은 탁- 하고 바닥에 깨진 유리잔처럼 도무지 다시 붙이려 해도 붙지 않는 것이에요. 사랑의 물성은 유리와 같다는 것을 깨달았어요. 뜨거운 열을 가하면 어떤 형태로든 모양을 바꿀 수 있는 부드러움, 하지만 차갑게 식으면 탁- 하고 깨져버리고 마는 유리. 그것은 사랑을 닮았어요.

무너짐의 물성은 와르르-일지, 탁!일지 어떤 소리도 모양도 없이 흘러가는 것일지. 우리는 살면서 겪어야만 알 수 있는 것이 몇 가지 있어요. 차갑게 깨진 유리를 다시 붙이지 못해 우리는 헤어졌어요. 어떤 이별이든 미사여구를 붙일수록 그들이 나눈 사랑은 초라해지더군요. 그것을 일찍 깨달은 사람들은 어떤 이유도 덧붙이지 않아요. 그냥 그렇게 된 거 어쩔 도리가 없다는 듯 고개를 살짝 젖힐 뿐이지요.

사랑, 사랑이 무너지면 내 세상 전부가 무너지던 때가 있었어요. 그날을 그리워하는 것은 사랑보다 더 세속적인 것들에 잠식당해버렸다는 반증일지도 몰라요. 그래서 그 아프고 황홀한 순간을 그리워하는 것일 테니까요. 당신은 주변 사람과 사랑에 대해 이야기 나누어본 적 있나요? 사랑이 무엇일까요. 정신과 의사는 살짝 상기된 얼굴로 저에게 질문했어요. "현녕 씨, 사랑을 설명할 수 있나요? 정의 내려 볼수 있나요? 사랑이 뭘까요. 사랑, 사랑. 사랑이라고 떠드는세상 속에 아니, 정말 사랑은 뭘까요? 믿음? 배려? 그런 게사랑인가요?"

의사의 올라간 입꼬리는 아까보다 살짝 내려왔어요. 그는 제 눈을 바라보며 말을 이어갔어요. "아- 이게 바로사랑이구나. 했던 때가 현녕 씨에게도 있었죠? 그때를 곰곰이 떠올려봐요. 우리는 결국 다 지나고 나서야 그게 사랑이었구나 느껴요. 과정 속에서는 아무도 몰라요. 무너짐? 절망도 마찬가지일 거란 말이죠. 이별? 이별이 뭐예요? 단순히헤어짐이라고 말하기엔 복잡미묘하고 내 인생에 나타난 전대미문의 사건 아닙니까? 그것도 우린 다 헤어지고 나서야그래, 내가 이별을 했구나 하고 느낀단 말이죠. 과정 속에서우리는 몰라요. 끝나야 안단 말입니다."

'사랑의 무너짐'은 한 단어씩 나누어 봐야 할 글자였어요. 사랑, 이별 그 무엇도 과정 속에서 우린 알 수 없는것. 지나고 나서야 그것을 바로 볼 수 있고 무너져내려야 다시 곧게 세워질 수 있는 우리들. 무너짐은 새로이 만들어지는 것이고, 만들어지는 것은 무너짐을 향해 내려가는 내리막인 것. 그 이치를 서서히 알아갈수록 삶은 건조하지만 따뜻해지리란 것을 당신은 알고 있나요. 그러므로 우리는 무너지고 또 무너져야 해요. 사랑하고 아프고, 사랑하고 무너지고

27

아픔을 겪는 것은 사랑의 무덤 속에 폭- 빠져 흙이불 덮고 눕더라도 사랑 없는 삶보다 나을 거예요. 시인 피천득도 똑같은 이야기를 했어요. 제가 좋아하는 피천득 시의 구절인데요.

어떠한 운명이 오든지
내 가장 슬플 때 나는 느끼나니
사랑을 하고 사랑을 잃은 것은
사랑을 아니한 것보다는 낫습니다.

점점 사랑이 식고, 거짓말을 일삼고, 배신하고 신뢰를 잃고 산산이 부서져 유리조각이 가슴을 할퀴더라도 사랑을 아니 한 것보다는 낫다고 이야기합니다. 우리 잃더라도 사랑하기로 해요. 저는 그 어떤 무너짐보다 사랑의 무너짐은 찬란하고 근사한 무너짐이 아닐까 해요. 그 당시의 우리는 너무도 아팠지만 지나고 보면 마음이 더 자랄 수 있게, 커질 수 있게 만들어준 바탕 아니었나요. 좋은 사람을 만나 뜨겁게 사랑하고 처참히 무너져요. 그렇게 우리 더 좋은 사람이 되어요 우리. 사랑하세요. 사랑합시다. 사랑하지 않는 것은 직무유기이므로 무너져서 아프고 쓰려도 사랑합시다 우리.

무너짐 3

당신은 어렸을 때 가진 꿈이 지금 실현되었거나 또는 그 방향으로 계속 준비하고 있습니까? 지금 글을 쓰는 저는 원래 작가가 꿈이 아니었습니다. 오히려 작가는 살면서 단 한 번도 떠올려보지 않은 직업이었지요. 아주 갓난쟁이였을 때부터 학생들 앞에 서는 교사가 꿈이었어요. 하늘에서 '너는 교사가 되어라' 하고 내려준 사람처럼 스스로 생각했을 정도였으니까요. 학교에서 분필 조각을 주워서 모아두고 인형을 주르륵 줄 세워둔 앞에서 가르치는 연습을 했어요.

교사가 되려면 어느 정도 공부를 잘해야 한다는 걸 중학교에 가서야 알기 시작했는데, 한 반에 서른 명쯤 있으면 항상 17등을 했어요. 그런데도 꿈은 여전히 교사였어요. 어찌저찌 인문계 고등학교에 입학을 하고 한 반에 서른 명쯤 있었는데 저는 거기서도 늘 17등이었어요. 반 번호도 17번이었던가. 아, 가끔은 22등도 했었네요. 그런데도 여전히 꿈은 교사였어요. 꿈을 크게 가져라 말해서 꿈만 크게 가졌나 봐요. 이상은 높은데 현실은 부모님께 책 산다고 받은 돈을 모아 그 비싼 아웃백이나 빕스를 다녔으니 간도 컸어요. 그때 성적으로 사범대에 갈 수는 없었어요. 불안했어요. 그런데 불안하기만 하고, 편안한 고등학교 3년을 보낸 결과 당연히 원하는 사범대 국어교육과에 입학할 수는 없었어요. 전국 어디에서도 국어 교사가 되기 위해 갈 수 있는 사범대학은 없었답니다. 그래서 어영부영 국어국문학과에 입학했어요. 국문과에서 상위 5등 안에 들면 교직이수라는 걸 할 수 있다고 했어요. 그러면 제가 꿈꾸던 교사가 될 수 있을 거라고 말이에요. 꿈을 이룰 방법이 드디어 생겼어요.

　　　　아니 그런데, 세상에. 대학은 천태만상 요지경이었어요. 고삐 풀린 망아지마냥 신이 나서 고주망태가 되어 3~4월을 보냈어요. 이 술집에서도 먹어봐야 되고, 저 술집 안주가 맛있다고 하면 거기도 가봐야 되고 잔디밭에서도 술을 먹어봐야 된다고 하니. 그러다 5월이 되었지요. 번뜩! 정신이 들었어요. 아, 이러다가 5등은 무슨? 여기서도 17등은 따놓은 제 자리였어요. 내 인생에서 교사라는 단어가 영영 지워질 것만 같았지요. 그래서 큰 결정을 내립니다.

　　　　아직도 기억이 생생하네요. 5월 28일. 봄의 끝자락에 꽃잎이 서서히 떨어질 때쯤, 돌연 자퇴서를 제출하러 학과장실로 향했어요. 자퇴를 하려면 학과장님과 면담을 해야 했거든요. 학과장님께서 자퇴 이유를 물어보시는데 어려서 그랬는지, 소심해서 그랬는지 입이 떨어지지 않았어요. 다른 대학교에서 다른 공부를 하고 싶다고 말하는 게 왜 그리 죄스러웠는지 몰라요. 도저히 사실대로 말할 수가 없었어요. 그래서 참 뜬금없게도 아버지가 정리해고 당하셨다고 말했어요. 거짓말을 하다 보니 그게 진짜인 것 같아서 눈물도 막 쏟아져나왔지 뭐예요. 아마 그 학과장님은 제 거짓말이 너무 티가 많이 나서 기가 막히고 코가 막히셨을 거예요. 이 종이를 빌려 죄송함을 전합니다. 어쨌든 거짓 눈물의 자퇴를 마치고 그 길로 바로 입시 학원에 갔습니다.

5개월가량 입시 학원에서 다시 수능 공부를 시작했습니다. 저는 과연 열심히 했을까요? 공부 습관이라는 것이 없었던 저는 고등학교 때와 비슷한 생활을 했습니다. 나름 열심히, 불안하지만 조금은 편안했던 수험 생활을 거쳐 대학 합격자 발표날이 왔어요. 결과는 어땠을까요? 그래요. 인생에서 요행을 바라면 안 된다는 말, 스무 살에 체감했어요. 원서를 넣은 학교 전부, 모조리 다 떨어졌어요. 3월 3일이 입학 날인데 2월 24일까지 대기 번호는 움직이지 않았어요. '이대로 나는 삼수를 하는 것이구나.' 하던 찰나 2월 26일쯤 집으로 전화가 왔어요. "손현녕 학생, 지금 입학금 넣으시겠습니까? 아니면 다음 차례로 넘어갑니다." 엉엉 울면서 대답합니다. "당장 넣을게요! 제가 넣을 거예요! 선생님." 소위 문 닫고 들어갔다고 하죠? 네. 그게 바로 접니다. 꼴찌로 그토록 원하던 사범대 국어교육과에 입학을 했습니다.

이것이 꿈을 향해 세상에 내딘 저의 첫발이었습니다.

한 살 어린 친구들과 함께 두 번째 대학 생활을 시작했습니다. 곳곳에 고주망태가 출현하기 시작하는 3월, 제가 다른 친구들보다 조금, 아주 조금 공부를 더 했나 봅니다. 1학년 1학기 시험에서 과 2등을 했어요. 학교에서는 반액 장학금을 받았어요. 이 사건이 제 인생을 변하게 만든 첫 번째 터닝포인트였어요. 이 짜릿함, 이 작은 성공 경험이 인생을 대하는 제 태도를 바꾸기 시작했어요. '반액 받았으니 다음에는 전액 받아보고 싶다. 떨어질 수 없다. 잘 하고 싶다.' 하는 마음이 저를 지배하기 시작했어요. 만약 아침 9시 수업이 있다 하면 8시까지 학교에 가요. 8시 반부터 제가 앉고 싶은 자리에 앉기 위해 강의실 앞에서 문이 열릴 때까지 기다렸어요. 교수님들과 눈 맞춤, 질의응답에도 늘 최선을 다했지요. 그 결과 1학년 2학기부터 4학년 1학기까지 단 한 번도 1등을 놓치지 않고 전액 장학금을 받았어요. 4학년 2학기는 자연스레 다니지 않았어요. 조기 졸업을 해버렸답니다.

그런데 왜 그랬을까요? 전액 장학금을 받고 학교에 다니고, 1등을 하면 분명 행복해야 하는데 왜 저는 늘 무언가에 쫓기는 기분으로 살아야 했을까요. 종종 숨이 잘 쉬어지지 않아서 답답한 기분도 느껴야 했어요. 어쨌든 학교를 졸업하고 한발 더 교사의 꿈에 가까워졌어요. '이제 임용고시만 합격하면 내가 그토록 바라던 삶이다. 조금만 더 견뎌보자.' 매일 도서관에 가서 기계처럼 공부를 했습니다. 주위의 기대도 컸지요. "현녕아, 너 아니면 누가 교사가 되겠어. 넌 진짜 한번에 붙을 것 같아." 저 스스로도 믿었어요. 그런데 결과는 참혹했어요. 커트라인에 한참을 못 미치는 점수로 시험에 떨어졌어요. 다시 한 번 도전합니다. 두 번째 결과도 마찬가지였어요.

이제 내 인생의 두 번째 터닝포인트가 찾아옵니다. 대학 때부터 저를 따라다니던 불안과 두려움, 종종 찾아오는 호흡곤란과 손저림. 영화관에서 영화를 보다 중간에 뛰쳐나온 적은 셀 수 없이 많아지고 지하철, 버스를 탈 수 없어졌어요. 제가 있을 수 있는 생활 반경이 점점 좁아지고 방안에 갇혀 생활할 수밖에 없겠다 싶었어요. 그러다 어느 날 이 모든 증상이 극에 달하면서 쓰러진 저는 다급히 응급실에 가서 온갖 검사를 받았어요. 결과지를 들고 온 의사는 말했지요. "손현녕 님, 몸에 염증 하나 없이 건강합니다. 그러니 이번에 정신의학과에 한번 가보시길 바랍니다."

그런데 말이에요. 제가 정말 몰랐을까요? 마음에 병이 생겼다는 걸 저는 정말 몰랐을까요? 사실 저는 알고 있었어요. 그 당시 한창 텔레비전 프로그램 중 〈라디오스타〉에서 연예인 김구라 씨가 공황장애를 이야기할 때였거든요. 어? 저 사람 나랑 증상이 비슷한데 싶어 인터넷에서 찾아보기도 했지요. 알면서도 인정하는 것은 늘 두려워요. 인정하기 위해서는 인지해야 하고 인지하기 위해서는 직면해야 하니까요. 인간은 그 과정을 피하고 싶어 하니까요. 응급실을 다녀온 뒤로도 정신과를 가지 못했어요. 교사가 되기 위한 시험공부는 그대로 중단되었고 집에서 종종 속마음을 담은 글을 썼지요. 그 글이 제법 쌓여 책으로 한번 만들어볼까 한 것이 첫 번째 책 〈순간의 나와 영원의 당신〉 독립출판물이었어요. 이후로 출판사와 함께 여러 권의 책을 내게 되었고 저는 지금 이 페이지에서 당신을 만나고 있어요.

　　　　평생 꿔왔던 꿈이 아닌 생각지도 못한 작가로서의 제 모습은 사실 여전히 매우 낯설어요. 그래서 저에게 누군가 '당신에게 글은 어떤 의미가 있지요?' 또는 '현녕 씨는 글을 왜 쓰시나요? 책을 왜 만드시나요?'라고 묻는다면 선뜻 답이 나오지 않아요. 나에게 글이란 뭘까, 왜 난 글을 쓸까, 그냥 일기장에 끄적이는 것도 아니고 다른 사람이 볼 수 있게 책으로 만드는 건 왜일까. 자꾸 스스로에게 물은 적이 있어요. 처음에는 "돈 벌려고요."라고 대답했어요. 그런데 "돈 벌려고 글 쓰는데요? 저한테 글은 돈이에요."라고 하기에는 버는 돈이 쥐똥만큼이라 이제 이 대답은 신빙성이 하나도 없다는 걸 자타가 모두 알아요. 원래부터 글 쓰는 걸 좋아한 나도 아닌데, 그렇게 오래 꿔온 꿈도 접은 나에게 글쓰기는 마음이 보내는 마지막 신호가 아니었을까요. 더 이상 못 버티겠다고, 이러다 마음이 제 기능을 잃어 올바른 판단도 내리지 못할 거라고, 머리가 하는 소리가 아니라 마음이 던지는 SOS를 모스부호 풀이하듯 써내려간 것이 지금까지의 글이라는 생각이 들어요. 위로가 받고 싶었나 봐요. 너 힘들었구나. 너 마음 괜찮아? 치료하러 가자. 같이 가줄게. 이런 이야기가 듣고 싶었나 봐요. 그래서 글을 썼나 봐요. 제 글은 정말 마음의 SOS로 시작되었네요.

아참, 그래서 제 공황장애는 어떻게 되었는지 궁금하시죠? 감기에 걸리면 병원에 가지 않고 잘 쉬기만 해도 나을 때가 있지만, 그대로 오래 두었다가 폐렴이 되어 큰 병이 되기도 하잖아요. 저는 병원을 미루다가 증세가 점점 악화되어 결국 병원을 찾게 되었어요. 정신과에 가보지 않은 분들은 아마 자기도 모르게 자리 잡혀 있는 선입견이 있을 수 있어요. 저도 그랬으니까요. 한 번도 가보지 않은 가정의학과나 통증의학과, 신경과와는 확연히 다른 느낌 맞으시죠? 저도 그랬어요. 가기 전까지는요. 그런데 막상 가보니 정말 왜 이제야 왔을까. 싶을 정도로 빠르게 증세가 호전되었고 일상생활을 무리 없이 할 수 있었어요. 더 건강하게, 더 튼튼하게요. 처음 병원에 다니고부터 지금까지 3년쯤 지났어요. 긴 치료 기간을 지나 저는 이제 더 이상 약을 복용하지 않고 가끔 선생님과 요즘 사는 이야기 나누러 병원에 가요. 1년에 한 번씩 건강검진 하듯이, 보이지 않는 이 마음이 잘 지내고 있는지 알아보러 말이에요.

다시 한 번 생각합니다. '그때 첫 장학금을 받지 않았더라면 어땠을까. 공황장애가 발병되지 않았더라면 어땠을까. 그랬다면 난 글을 쓸 수 있었을까. 이 페이지에서 당신을 만날 수 있었을까.' 시험 실패나 공황장애가 제 인생에 찾아든 순간은 무너짐의 절정이었을 거예요. 앞서 이야기한 다이어트 무너짐이나 사랑 무너짐과는 차원이 다른 무너짐이었지요. 하지만 그 무너짐이 없었다면 인생은 이 방향으로 흘러올 수 있었을까요. 이 방향이 아니면 저 방향이 있었을 테고 그 방향도 있었겠지요. 하지만 무너졌기에 올 수 있었던 지금, 여기가 저에게 참 의미 있습니다. 인생사 새옹지마라고 하지요? 정말 한 치 앞도 볼 수 없는 것이 인생임을 날이 갈수록 느낍니다. 당연히 선생님이 될 거라 생각했던 그 꼬마 아이는 이렇게 글을 쓰는 사람이 되었습니다. 당신은 어린 시절, 어떤 꿈을 꾸었었나요? 당신은 어떤 사람이 되었나요? 당신에게 주어진 앞으로의 날들에 어떤 가능성을 만들어가고 있나요? 숱한 당신의 무너짐을 응원합니다.

모든 무너짐을 막는 성질은 탄성이다

우리 잠깐 생각해봅시다. 무너지는 모든 것의 성질은 '딱딱함'입니다. 딱딱하게 곧을수록 부러지기 쉽습니다. 부러진 것은 잘 무너집니다. 그래서 우리는 말랑말랑하고 탄성이 뛰어난 고무줄 그리고 용수철이 되어야 합니다. 힘을 가하면 때로 휘어져도 금세 다시 제 모양으로 돌아오는 그 탄성이 무너짐으로부터 우리를 막을 수 있습니다. "곧은 마음이 갖고 싶댔죠? 사실 그게 더 무서운 것이거든요." 곧게 뻗고 단단할수록 무너지기 쉽다는 것을 알고 난 뒤로 틈이 없는 견고함이 아슬아슬해 보일 때가 있습니다. 그래서 우리는 더욱 탄력적이어야만 합니다. 쓰러짐은 무서워할 것이 아닙니다. 살면서 한 번 쓰러져보지 않는 사람이 어디 있겠어요. 누구나 실패할 수 있고 아플 수 있습니다. 이 이치를 빨리 깨달을수록 남은 날들이 편안해질지도 모르죠.

아프거나 실패했을 때 금세 회복하고 괜찮아질 수 있는 힘을 기르는 것이 좋습니다. 누구의 도움에서보다 스스로의 깨달음이 중요합니다. 병에 걸리면 주저앉아 울 것이 아니라 빠른 시간 안에 원래 상태로 돌아올 수 있어야 합니다. '제발 병에 걸리지 않게 해주세요. 아프지 않게 기도해요.' 이 말의 현실성이 떨어진다는 건 누구나 알 수 있지요. 살다 보면 아픈 날이 없을 수가 없습니다. 그럼 우린 아프더라도 빨리 회복할 수 있는 탄성을 길러야 합니다. 어떻게 빨리 제자리로 돌아가는가가 더 중요한 것입니다. 무너짐을 피할 수 있는 인생은 거의 없습니다. 백만장자의 자식으로 태어나도 무너짐의 순간은 있지 않을까요?

무너지고 실패해도 하루빨리 일어나려면 우선 자기 자신을 잘 아는 것부터 필요합니다. 나에게 부족한 것이 무엇인지, 나에게 어떤 것들이 주어져야 빨리 회복할 수 있을지 말이에요. 쉬운 예를 들어볼까요? 감기에 걸리면 병원에 가서 치료하는 사람이 있고, 또 자기 자신만이 알고 있는 치유 방법이 있는 사람도 있을 거예요. 감기가 올 것 같을 때 오렌지 주스를 많이 마시고 따뜻한 물에 몸을 담근다거나, 미리 감기약을 사서 복용하거나 말이에요. 또 한 가지 예를 더 들어볼게요. 내가 기분이 안 좋을 때 뭘 먹으면 기분이 좋아지는지 알고 있으면 그래도 빨리 우울에서 벗어날 수 있을 거란 말이죠. 그래서 우리가 할 수 있는 일은 종이와 펜을 들고 구체적으로 작성해보는 거예요. 가장 쉽게는 내가 좋아하는 것과 싫어하는 것부터 나열해봅니다. 남들의 호불호가 아니라 나만의 호불호 노트를 완성해보는 거죠. 그러면 내가 좋아하는 것에 확신을 가질 수 있고 나아가 힘이 들 때 남이 아닌 나에게 의지하며 오뚝이처럼 금세 일어날 수 있어요. 호불호 노트를 생각이 날 때마다 꺼내 내용을 지우고 더하고 수정하면서 이 세상에서 나를 가장 잘 아는 노트를 완성해보는 거예요. 마치 어느 약국에서도 구할 수 없는 명약처럼. 이 노트 하나면 울고 있는 나를 웃게 할 수도 있고, 입맛 없던 나를 기운 차릴 수 있게 하는 그런 맛집처럼 말이에요.

우리는 태어나면서부터 이 세상에 던져진 존재로 살아갑니다. '무너지지 않게 해주세요. 상처받지 않게 해주세요. 난 절대 무너지지 않을 거야.'보다 '혹시 무너지더라도 빨리 제자리로 돌아올 수 있게 해주세요. 무너지더라도 금세 회복할 수 있는 마음을 주세요.'라고 바라야 합니다. 이것을 한 번이라도 생각해봤다면 더 이상 무너짐을 두려워하지 않게 될지도 모릅니다. 넘어질 때마다 우리는 무언가 줍고 일어난다는 걸 잊지 말아야 합니다. 그러므로 무너져야 합니다. 더 없이 무너져야 합니다. 무너지는 대신 빨리 회복하는 것에 집중해야 합니다. 오래 무너져 있지 말고, 무너짐에 취하지 말고. 오뚝이처럼, 오뚝이처럼 그렇게 다시 튀어 오르는 것이 삶을 대하는 가장 좋은 자세가 아닐는지요.

The Crack-up

오죠기
응ㄹ

오토바이를 타고 달리던 젊은 시절

"여보, 아직도 오토바이 몰 줄 알아요?"

"오토바이? 그럼~ 몇 년을 탔는데. 그런데 갑자기 오토바이는 왜요?"

"당신이랑 같이 오토바이 타고 달리던 길 생각이 나서요. 그땐 몰랐는데, 시간이 흘러 이제 와보니 당신이랑 달리던 길에 불어오던 바람이 참 시원했구나 싶어서요."

"그게 언제 적 얘기요. 내 오토바이 안 탄 지가 얼마나 오래됐는데."

"나는 매일 지난 일만 회상하고 사니까요. 그래서 그런가, 우리 한창 젊었을 적 생각이 자꾸 나요. 우리 아기가 태어나기 전에는 둘이서, 아이가 크고 나서는 셋이 함께 타고 다녔잖아요."

"오토바이 하나로 여기저기 많이도 다녔죠. 당신은 그때 생각하면 어떻소?"

"어떻다뇨?"

"그땐 우리가 너무 힘들었잖소. 하루하루 살기 바빴으니까요. 하긴 그랬으니 당신도 그렇고 나도 그렇고 그 길에 부는 바람이 얼마나 시원한지도 모르고 살았겠죠. 옆을 둘러볼 생각도 못하고요. 우리가 달리던 길 옆으로 당신이 좋아하는 꽃들도 만발해 있었을 텐데 말이죠. 그저 가야 하는 길이니까, 어딘가로 가기에도 바빴으니까……."

우리 강아지가 초록색 아기 동물이 되고 싶다고 말했어요

아이가 어느 날, 부엌으로 들어와 말했어요. 저는 저녁 식사 준비로 분주했죠.

그런데 말이에요. 방금 문득 깨달은 사실이 있어요. 그날엔 아이가 종일 집에 있었던 것 같아요. 저희 부부는 맞벌이를 하고 있었기 때문에 대개 해 질 녘에 함께 집으로 돌아왔어요. 보통 때라면 남편이 모는 오토바이 소리를 들은 아이가 놀이터에서부터 뛰어오거나 친구들이 집으로 돌아가는 시각이 되면 홀로 남겨질 놀이터를 뒤로하고 저녁을 먹기 위해 집으로 돌아왔어요. 그런데 그날은 아이가 이미 집에 와 있었죠. 한데 또 온종일 아이가 집에만 있었던 건 아닌 것 같아요. 아이의 옷이 더럽혀져 있었고, 빨랫줄에 빨래도 그대로 있었거든요. 밥통도 텅텅 비어 있었어요. 우리 애는 빨래가 마르면 개키는 일이나 밥통에 밥을 안치는 일을 거들어주는 아들이었는데 말이죠. 그날엔 저도 그런 걸 신경 쓸 겨를이 없었어요. 지친 몸으로 들어와 빨랫줄에 걸린 빨래를 무심코 지나쳐 부엌에서 저녁 식사를 준비하느라 바빴죠. 아이는 어떤 하루를 보냈던 걸까요.

아이가 부엌으로 와서는 제 등에 대고 말했어요.

아이가 아주 어린 나이일 때였어요. 아이는 제게 대뜸 초록색 동물이 되고 싶다는 게 아니겠어요. 저는 뒤를 돌아 아이를 보았지만 금방 다시 요리에 집중했죠. 왜 초록색 동물이 되고 싶냐고 되물었던 것 같아요. 아이는 뜸을 들이다 아주 어린 초록색 동물이 되고 싶다고 말했어요. 저는 이번엔 고개를 돌리지 않았어요. 팬에서 익어가는 채소를 뒤적이며, 우리 강아지는 왜 아기 동물이 되고 싶을까, 하고 물었죠.

"강아지 말고 초록색 아기 동물이 되고 싶어, 나는."

답하는 아이의 목소리가 격양된 것 같아 고개를 돌려보니 아이는 굉장히 흥분한 모습으로 서 있었어요. 뭐랄까, 당차지만 겁에 질린 것 같아 보였어요. 저는 답했죠.

45

"엄마가 알고 있는 초록색 동물은 개구리나 도마뱀이 전부인걸? 하지만 우리 강아지는 그런 초록색 동물을 징그러워하잖아?"

아이는 답이 없었어요.

"그렇다면 우리 강아지가 되고 싶은 초록색 동물은 초록색 털을 가진 동물을 말하는 걸까? 그런데 어쩌지? 엄마는 아직 초록색 털을 가진 아기 동물은 본 적이 없는걸?"

아이는 미처 거기까진 생각해보지 못했는지 동그랗게 뜬 눈으로 방황했어요. 눈가가 촉촉해지고 있다는 건 부엌 조명 빛에 반짝이는 아이의 눈동자를 보고 알 수 있었죠. 저는 직감적으로 깨달았어요. 저 어린아이가 자신의 삶이 어떤 방향으로 흘러갈지를 느끼기 시작했단 걸요. 아이는 정말로 초록색 아기 동물이 되고 싶은 마음은 없었겠지만, 그때는 너무 어린 나이였으니까 그런 말만이 해낼 수 있던 생각의 전부였겠죠. 아이가 알 수 있는 건 너무 적었겠죠. 그렇게 작은 아이가 초록색 아기 동물이 되고 싶다는 건 말이에요, 처음으로 경험한 무너짐의 순간일 거예요. 아이는 너무 이른 나이에 무너짐을 경험하고 말았어요. 저는 아이에게 다가가 아이를 품속 깊이 안아주었어요. 아이는 제 젖가슴에 파묻혀서 숨이 막힌다고 소리쳤지만 저는 더욱 힘껏 아이를 품어주었어요. 그러곤 말했죠.

"우리 아가가 초록색 아기 동물이 된다면, 엄마가 이렇게 안아줄 수 없는걸?"

아이는 슬픈 표정을 지어 보였지만 눈물을 흘리지는 않았어요.

"그리고 밤마다 어둠 속에서 잠들어야 해."

아이의 눈동자가 겁에 질린 듯 잠깐 흔들렸고, 이어 아이는 올차게 대답했죠.

"그럼 이불 속으로 숨으면 돼."
"초록색 아기 동물은 이불을 덮지 않아. 왜냐면 온몸에 털이 있어서 이불은 필요 없거든."
"털은 싫어요. 그러면 아빠처럼 면도를 하면 되잖아요."
"초록색 털이 없으면 초록색 아기 동물은 초록색이 아닐 텐데? 그리고 무엇보다 그건 불가능한 일이야. 동물은 털이 없으면 안 되니까."
"개구리랑 도마뱀은 털이 없는데도?"
"털이 없는 동물은 물속에서 살기 때문에 털이 필

요하지 않아. 털이 물에 젖으면 큰일이잖아. 우리 아가는 물속에서 살 수 있어? 헤엄도 칠 줄 모르는데?"

아이는 어떤 말을 해야 할지 모르겠다는 표정으로 골몰하고 있었어요. 깊은 혼란에 빠진 것처럼 보이기도 했어요. 작은 목소리로, 물속에서 사는 건 너무 추울지도 몰라……, 하고 중얼거리던 아이가 조심스레 물어왔어요.

"그럼 우리 집에서 초록색 아기 동물을 키울 수도 없어요?"
"음, 대신 우리 집엔 작은 강아지가 있잖아."
"강아지는 초록색이 아니잖아요."
"그럼 엄마가 강아지를 초록색으로 염색을 해주면 어떨까?"

아이는 이번엔 정말 혼돈의 한가운데를 지나는 것 같아 보였어요. 아이의 눈을 보면 알 수 있는 사실이었죠. 저는 아이를 다시 한 번 품으로 끌어안고 말했어요.

"그렇지만 우리 집 강아지는 초록색으로 변하는 게 싫을 수도 있으니까 그건 안 되겠지? 그리고 우리 집 강아지는 이미 예쁘잖아."

실낱같은 희망을 잡은 듯 아이는 웃는 얼굴로 말했
어요.

　　"응 맞아. 우리 집 강아지는 예뻐. 그런데 엄마는
강아지가 무슨 생각을 하는지 알아? 강아지는 말을 하지 않
잖아요."
　　"음, 강아지는 비밀이 많아서 모든 걸 다 말하고
싶지 않은 건 아닐까? 엄마는 강아지가 엄마를 부르는 소리
도, 우리 강아지를 부르는 소리도 다 알아들을 수 있는걸?"

　　그렇게 말하면서 아이의 볼을 살짝 꼬집어주었어요.

　　"나는 강아지가 아냐."
　　"엄마 눈엔 강아지 같은걸?"
　　"나는 몸에 털이 있지도 않아. 밤에는 이불을 덮고
자야 한단 말이야."

　　아이는 거실로 나가 빨래를 걷어 개기 시작했어요.
저는 아들의 그런 모습을 오래 지켜본 뒤 저녁 식사 준비를
마저 했죠. 아이가 느낀 무너짐이 부디 빨래를 개키는 사이
사그라들기를 바라면서요.

첫사랑, 강아지풀

　길가에 수북이 자란 강아지풀을 볼 때마다 생의 갈림길에 서 있는 기분이 들어요. 강아지풀은 삶의 의지를 불태우는 동시에 남은 날들을 포기하고 싶게도 하는 존재거든요. 옅은 바람에도 크게 흔들리는 그들의 손 인사가 어떤 안녕을 말하는지 도통 알 수 없어요.

　"강아지풀아, 너는 옅은 녹색과 연두색 옷을 입고 있구나. 그런데 네 옷은 맑지도 투명하지도 밝지도 않은 색이구나."

　연한 녹색이 맑은 녹색과 전혀 다른 말이 된다는 걸 강아지풀을 본 어린 나이에 알게 됐어요. 저는 하굣길에 발견한 강아지풀 앞에 쭈그려 앉아 하염없이 시간을 보내며 깊은 상념에 빠져들었죠.

초등학교 4학년 때 첫사랑을 경험했어요. 그녀의 인중에 난 솜털은 제 눈에 매우 잘 보였는데, 창가에 앉은 그녀 인중의 솜털은 항상 빛을 받아 반짝였고, 체육 시간이면 곧잘 뛰어다닌 그녀의 솜털에는 땀이 송골 맺혀 있었어요. 인중에 난 솜털에 맺힌 땀방울을 보고 초등학생의 첫사랑이 시작된 거예요. 그녀는 자신보다 왜소한 어느 솔로 여가수의 노래를 자주 들었어요. 그녀가 듣는 노래가 수록된 앨범을 사기 위해 저금통의 배를 가르기로 했어요. 궁금한 그녀와 가까워지는 방법으로 제가 택한 일이었죠. 돼지 저금통의 배는 칼로 자르기 쉬웠지만 저는 돼지 저금통의 동전 넣는 구멍이 있는 등을 갈랐어요. 배를 자르는 건 돼지 저금통에게 너무 미안한 일인 것 같았거든요.

그녀가 즐겨 듣는 노래를 들었음에도 우리 사이는 가까워지지 못했고 머지않아 첫사랑은 전학을 가버렸어요. 전학 가는 그녀의 마지막 수업이 끝난 뒤 선생님과 친구들의 인사를 받은 그녀는 친구들을 집으로 초대했어요. 그날은 토요일이었어요. 내심 제게도 다가와 함께 집으로 가자고 말해주길 바라고 있을 때, 그녀의 짝꿍이 그녀에게 하는 말을 들었어요. 그들 쪽을 흘깃거렸죠. 그녀는 저를 보고 있었고, 수줍어했어요. 수줍은 그녀를 대신해 제게 손짓한 그녀의 짝꿍에게 다가가는 사이 그녀의 어깨를 치며 채근하는 모습을 보았어요. 저는 그녀의 초대를 받아 친구들과 함께

하굣길에 올랐죠. 그녀가 전학을 가야 한다는 사실도 잊은 채, 청명한 하늘 아래를 걸으며 토요일의 이른 하교는 즐겁기만 했어요.

우리는 해가 지기 전에 집으로 돌아갔어요. 하지만 저는 친구들과 인사를 한 뒤, 왔던 길을 돌아 그녀의 집으로 다시 갔어요. 엘리베이터를 타고 그녀의 집까지 올라 미리 준비한 선물과 편지를 내밀었어요. 그녀는 교실에서와는 다르게 수줍어하지 않았고 기뻐하지도 슬퍼하지도 않았어요. 떠나는 사람의 얼굴은 생각보다 차가운 거더라고요.

현관문 닫히는 소리가 크게 들렸고 적막이 이어졌어요. 사방은 금세 어두워져 있었어요. 밤이 오는 속도는 빠르고 조용하고 부지런했죠.

5학년이 되어서도 그녀가 즐겨 듣던 노래를 계속 들었어요. 떠난 첫사랑은 편지에 써준 우리 집 주소로 편지를 보내지 않았기에 그녀가 어떻게 지내는지 알 방도는 없었죠. 남은 거라곤, 테이프를 감아 봉한 돼지 저금통이 전부였어요. 동전을 부지런히 넣은 것 같았지만 그건 쉽게 무거워지지 않았어요.

왜소한 여가수의 노래를 들으며 집으로 향하는 비 내리는 하굣길. 초록색 강아지풀에 내려앉은 빗방울을 보며 인중의 솜털에 맺힌 땀방울을 떠올린 저는 강아지풀을 볼 때마다 슬픔을 느끼는 어른으로 자라겠구나, 생각했어요. 그런 걸 직감이라고 한다는 건 훗날 알게 되었죠.

엄마가 너무 그리워요

"엄마에게 하고 싶은 말이요? …… 그보다 엄마에게 하고 싶었던 말이 있어요……."

"엄마, 듣고 있어요? 몇 해 전 우리를 떠난 엄마, 저는 떠나간 엄마가 그리워요."

이 말이 너무 하고 싶었어요. 사실 저는 엄마를 떠나보내고 몇 해가 지난 뒤에야 엄마를 그리워했어요. 왜냐면 저는 엄마가 없는 순간부터 엄마를 그리워할 용기가 나질 않았거든요. 엄마의 부재, 사라진 존재를 향하는 그리움……, 그런 걸 정확하게 알지 못했던 저는 엄마를 그리워하는 마음을 제가 알게 될까 봐, 제가 엄마를 아주 많이 그리워한다는 사실을 뼈저리게 느끼면 엄마가 없는 우리 집이 무너져 내릴까 봐, 그래서 저는 엄마가 떠나고 몇 년이 지난 뒤부터 엄마를 그리워했어요. 중학생쯤이었을 거예요. 그런데 그걸 누구에게 말할 수 있겠어요. 그래서 엄마를 그리워하는 마음을 가슴속에 고이 간직했죠.

　　이제는 엄마를 그리워한다고 말하고 싶지 않아요. 엄마를 그리워하는 마음은 제 가슴속 깊은 곳에 간직했으니까요. 엄마가 그리운 마음은 과거에 머물러 있는 거예요. 물론 아직도 엄마가 그리워요. 그렇지만 엄마에게 그런 말은 하지 않을래요. 그 마음은 과거의 내가 엄마를 잃고 먹었던 마음이니까, 어린 내가 짊어져야 했던 일이니까요. 그렇다고 해서 엄마가 슬퍼하진 않겠죠? 엄마가 너무 그리운 건…, 그건 변함없는 사실이니까요.

　　사실 엄마에게 하고 싶은 말은 셀 수 없이 많아요. 하지만 제게 주어진 시간이 무한하진 않겠죠. 설사 엄마와 함께 대화를 나눌 수 있는 시간이 한없이 주어진다 해도 제가 엄마에게 그 많은 말을 모두 할 수 있진 않겠죠. 제 마음이 정직하게 엄마에게로 전해지지는 못하겠죠. 옅은 바람에도 크게 흔들리는 강아지풀처럼, 저도, 엄마를 향한 제 마음도 모두 갈팡질팡하는지도 모를 일이죠. 그래서 엄마에게 하고 싶은 말을 조금도 꺼내지 못하겠어요. 여전히 용기가 부족한 아들이 어릴 적에 엄마에게 하고 싶었던 말 한마디로 그 마음을 대신한다고 해서 너무 미워하진 말아주세요.

엄마의 신발

"엄마, 발은 시리지 않아요? 이제 곧 겨울이 올 텐데 따뜻한 신발 한 켤레는 사두셨죠?"

며칠 밤을 고민하다 다시 찾은 건 엄마가 서운할지도 모르겠단 생각이 들어서예요. 성큼 자란 아들의 목소리를 알아듣지 못하는 건 아닐까, 몇 년 만에 전해 들은 아들의 이야기가 너무 짧은 건 아닐까, 하는 걱정 때문에요. 제 마음이 온전히 전해지지 못해도 노력은 해야죠. 용기를 내서 엄마에게 한 마디만 더 전할게요. 저는 엄마의 발이 염려스러워요.

엄마는 인사도 없이 저를 떠났어요. 물론 엄마도 그날이 우리의 마지막이 되리란 걸 몰랐으니 그랬겠죠. 그날도 평소처럼 부엌에서 밥 냄새와 함께 방으로 들어온 엄마의 목소리가 저를 깨웠어요. 잠이 깬 저는 세수를 하고 아침밥을 먹고 등교를 했어요. 엄마의 일상적인 배웅이 마지막 인사가 될 줄은 꿈에도 몰랐죠. 현관을 나서기 전에 뒤를 돌아 엄마 얼굴을 한 번 더 볼 걸 그랬어요. 아니, 엄마에게 달려가 엄마를 안아줄 걸 그랬어요. 하지만 제가 아무리 엄마를 안으려 양팔을 힘껏 벌리고 엄마의 품에 가까워져도, 저는 엄마를 안아주기엔 너무 작은 아이였죠. 그랬다면 아마도 엄마가 저를 안아주었겠죠.

엄마의 품이 점점 희미해져가는 걸 느껴요. 잊지 않고 기억하려 해도 너무 오래된 일이라 그런가 봐요. 엄마의 보드라운 품에서 느낄 수 있었던 따스한 온도와 나른한 냄새, 엄마의 작고 사소한 모든 것들이 마치 저를 둘러싼 안개 같아요. 보이지만 보이지 않고 잡히지만 잡히지 않는…….

그렇게 일상적인 아침은 마지막이 되었고, 남겨진 우리는 새로운 일상을 만들어가야 했어요. 저는 그때 그런 게 어떤 건지 잘 알지 못했어요. 엄마는 가는 길이 급했는지 짐을 하나도 챙기지 못하고 몸만 떠났어요. 엄마의 빈 자리만 덩그러니 남기고요. 아버지는 남겨진 엄마의 물건을 정리했어요. 저는 그런 아버지가 미웠지만, 아버지의 얼굴은 슬퍼 보였어요. 제가 이해하기엔 너무 어렵고 복잡한 모양이었어요.

어쨌건, 남겨진 우리는 남겨진 엄마의 물건과는 다

른 삶을 꾸려야 했죠. 엄마의 빈자리는 변하지 않았지만요.

며칠, 혹은 몇 달이 흘렀을까요. 엄마가 신던 신발이 신발장 구석에서 나왔어요. 엄마의 물건은 하나도 남아 있지 않다고 생각했는데, 엄마가 즐겨 신던 검은색 통굽 신발, 그게 남아 있었죠. 그런데 아무리 찾아봐도 그 신발은 한 짝뿐인 거예요. 저는 남겨진 신발 한 짝이 엄마의 마지막 선물이라 생각하곤 그 신발을 신발장의 가장 깊은 곳에 숨겨두었어요.

아버지 몰래 엄마의 신발을 꺼내 보며 엄마의 빈자리를 대신했어요. 처음에는 하루에도 몇 번씩 엄마의 신발을 꺼내 봤지만 시간이 흐르면서 신발장은 제 관심에서 조금씩 멀어졌죠. 저는 생각보다 빠르게 새로운 일상을 만들어갔어요. 엄마의 선물은 제게 소중했지만, 선물이란 무릇 일상적인 일들에 자리를 내어주곤 하니까요. 선물을 받았을 때와 똑같은 마음으로 선물을 대하진 않잖아요. 저는 그렇게 일상이 어떤 건지를 배우며 자라났어요.

아마도 엄마가 그립다는 마음을 먹은 즈음일 거예요. 오랜만에 신발장 구석 깊숙이 손을 집어넣어 엄마의 신발을 꺼냈는데, 엄마의 마지막 선물에 거미가 집을 지어두었더라고요. 저는 엄마의 신발에 지어진 거미집을 어떻게 해야 좋을지 몰라서 다시 구석진 곳에 신발을 집어넣고 말았어요.

시간이 흘러도 거미는 계속 집을 지었고 저는 그걸 그대로 두어야 할지, 없애야 할지 고민했어요. 그러다 어느 날 문득 생각했어요. 엄마가 두고 간 신발 한 짝은 나를 위한 선물이 아니라, 엄마가 미처 신지 못한 거구나. 엄마가 너무 급해서, 아끼는 신발을 신고는 싶은데 마음이 너무 조급해서 신발도 한 짝만 신고 가버린 거구나, 하고요.

그렇다면 언제 다시 엄마가 돌아올지 모르니 엄마를 위해 신발에 가득한 거미줄을 없애는 게 맞는 일이었죠. 엄마가 언제든 돌아오면 바로 신을 수 있게요. 그건 엄마의 물건이니까, 엄마의 발이 시린 계절이 되면 찾으러 올지도 모르니까요. 아주 오랜 시간이 지나 엄마가 돌아오더라도, 당신이 너무 오래 집을 비운 게 아니니 미처 신지 못한 신발을 보며 걱정하지 말고, 두려워도 말고 집 안으로 들어와 잠시 쉬었다 가라고요. 다시 먼 길을 가야 하는지도 모르잖아요.

그런데 제가 신발을 너무 깊은 곳에 숨겨두어서 그랬을까요. 아무리 오래 기다려도 엄마가 벗어두고 간 신발은 사라지지 않고 그 자리에서 거미줄만 계속 만들어냈죠.

엄마가 혹시 너무 멀리 가버린 탓에 미처 신지 못

한 신발 한 짝을 찾으러 오지 못하는 거라면, 제가 그걸 엄마에게 들고 가야 하는 걸까요? 그런 날이 제게 주어진다면, 엄마가 두고 간 신발에 거미줄이 더는 생기지 않도록, 품 안에서 따뜻하게 데워지도록 힘껏 끌어안고 갈게요. 엄마가 저를 안아주었던 것처럼요.

　　엄마가 이번 겨울에도 한 짝이 전부인 신발을 신은 채 추위에 떠는 건 아닐까 걱정이 돼요. 엄마가 좋아하던 신발이지만, 이젠 오랜 세월이 지났으니 미련 없이 새 신발을 사 신고 따뜻한 겨울을 보낼 수 있겠죠? 멀리 떨어진 이곳에서 그렇게 믿을게요.

아들아, 모래성을 쌓지 않겠니?

아들과 함께 기차를 타고 강원도에 간 적이 있어요. 물론 아들놈은 그다지 내켜 하지 않았죠. 한창 친구들과 놀러 다니고 싶을 나이였지, 아버지랑 단둘이 기차 타고 강원도라니.

저는 성화에 못 이겨 기차에 오르는 아들의 뒷모습을 보면서 몇 십 년이 훌쩍 지난 어릴 적의 저를 떠올렸어요. 제가 아버지의 어린 아들이던 시절에 저 역시 제 아들의 나이를 경험했으니까요. 세월이 흘러 아들이 제 나이가 되면 이 녀석도 저와 같은 생각을 하게 될까요?

아들은 엄마의 부재를 그럭저럭 잘 이겨내는 것 같았어요. 그렇지만 눈에 보이지 않아도 느껴지는 어떤 균열이란 게 있잖아요. 제가 아무리 노력해도 채울 수 없는 엄마의 빈자리 같은 거요. 아들에게서 그런 균열을 느낄 수 있었지만 막상 제가 할 수 있는 건 없었어요. 글쎄요, 무얼 해야 할지를 몰랐다고 하는 편이 옳을까요. 저 역시 아들에게 다가가는 건 쉽지 않은 일이니까요.

우리는 서로의 존재를 조심스레 확인하는 동시에 서로의 균열을 명백히 느끼며 침묵했어요. 제가 느낀, 그리고 아들이 느꼈을 우리의 균열은 선명한 자국이었어요. 힘 조절을 조금만 잘못해도 와르르 무너져내리고 말, 붕괴 직전의 아슬아슬한 상태의 균열들이요. 우리는 매 순간에 조심스러울 수밖에 없었고, 그런 우리가 사는 집 안은 언제나 고요했어요. 적막과는 달랐어요. 그건 고요였어요.

사실 아들이 집에 있는 모습을 보는 것 자체가 어려웠어요. 입시를 앞둔 고등학생은 학교에서 보내는 시간이 대부분이니까요. 그래도 늦은 밤 아들이 현관문을 여는 소리, 소리 죽여 신발을 벗고 벗은 신을 가지런히 정리한 뒤 방으로 들어가는 소리를 매일같이 들었어요. 아들이 샤워하는 소리, 머리를 말리는 소리, 물 마시는 소리까지 매일매일 귀 기울여 들었죠. 방 문을 닫아두면 그런 소리가 들리지 않을까 싶어 아들의 눈에 띄지 않을 만큼 살짝 열어둔 틈으로 아들이 내는 작은 소음을 듣는 기분을 아시려나요? 그럴 땐 말이죠, 어떤 기분에 놓이지도, 아무런 생각이 들지도 않아요. 저는 매일 밤 같은 소리를 내는 아들의 일상적인 움직임에만 집중하고 있었으니까요. 아들의 작은 행동 하나하나를 그려보면서요. 아들이 쓰는 컵에 물이 따라지는 장면, 그걸 조용히 들이켜는 아들의 자세, 빈 컵을 식탁의 어디쯤 놓을

지 하는 사소한 것들을 말이죠. 고요한 나날이었어요.

아들과 저는 오랜 시간을 그렇게 지내왔어요. 물론 우리도 아침밥을 함께 먹었고, 주말이면 외식을 하는 경우가 더러 있었죠. 우리가 만든 일상은 평범했지만 그 아래, 혹은 뒤에서 아들과 저는 서로에게 조심스러웠지요. 마치 완성을 목전에 둔 모래성을 다듬는 손길처럼요. 어쩌면 제 아들과 저는 겁쟁이라 더는 모래성에 손을 대고 싶지 않았는지도 모르죠. 그 정도면 완성이라 해도 손색이 없어 보이니 괜한 욕심으로 힘겹게 쌓은 모래성을 무너뜨리고 싶지 않았던 거겠죠.

그래도 제가 아버지잖아요. 제가 조금 더 용기를 냈어요. 수능을 마친 아들과 겨울 바다를 보러 강원도행 열차에 올랐어요.

어느 해변에 도착해 아들과 나란히 앉아 바다를 봤어요.

"아버지, 가까이 가볼래요?"

아들이 먼저 엉덩이를 털고 앞으로 걸어 나갔어요. 모래 사이로 발이 푹푹 빠지는 해변을 걸어 파도가 치는 가까이 다가갈 때까지 아들의 뒤를 따라 걸으며 했던 생각은 둘이었어요. 나를 닮아 뒤통수가 예쁘구나, 엄마를 닮아 손가락이 기다랗구나.

발끝까지 파도가 밀려오는 걸 보다가 고개를 돌려 아들을 보았어요. 아들은 저 멀리 수평선쯤을 보고 있는 것 같았는데 정확하게는 알 수 없었죠. 제가 그런 아들의 얼굴을 보다 무슨 생각을 한 줄 아세요? 아들이 저를 아버지라 부르는 게 싫다는 거였어요. 어차피 남은 세월 내내 저를 아버지라 부를 텐데, 왜 요 녀석은 저를 그렇게 일찍부터 아버지라 불렀던 걸까요. 저는 아들이 자라는 속도가 더뎠으면 했어요. 아들이 저를 아빠, 하고 부르던 때가 까마득한 시절인 것 같았거든요.

"아들, 우리 모래성 쌓을까?"
"모래성이요?"
"그래, 어릴 땐 바닷가 오면 모래성 쌓고 그랬잖아."
"어릴 때나 그랬죠. 그리고 지금은 겨울이라 추워요."
"사내놈이 이 정도로 엄살은."

저는 먼저 바닥에 주저앉아 젖은 모래를 모았어요. 그러면 아들이 저를 따라 모래를 모아 큰 성을 만들 줄 알았어요.

"아버지, 여긴 모래 입자가 굵어서 모래성을 쌓을 수 없어요."

아들은 저와 함께 모래성을 쌓는 대신 저를 또 아버지라 부르고 말았어요. 쌓지도 않은 모래성이 무너지는 장면이 보였어요. 아무도 손을 대지 않았는데도, 하필이면 밀물 때라 바다가 가까워져 오지 않았는데도 모래성은 무너지고 말았죠.

아버지도 늙어가나요?

아버지의 귓갓길을 본 적 있어요. 학창 시절이었고, 깊은 밤은 아니었어요. 그날은 늦은 저녁이거나 이른 밤이었어요. 깊은 밤과는 다른 어둠을 걸어 높은 곳에 올랐던 기억이 나요. 저는 높은 곳에 도착해 낮은 곳을 내려다보고 있었어요. 곧장 집으로 가기엔 뒤숭숭한 마음으로 저 멀리 빛을 밝히고 있는 가로등 불빛을 벗 삼아 시간을 보내고 있었거든요. 동네에는 익숙한 얼굴들이 많았어요. 멀리서 걷는 그 사람의 실루엣만 봐도 그게 누군지 알아볼 수 있을 정도로요. 우리는 한동네에서 오래 살았고, 함께 커가거나 늙어갔기 때문이죠.

우리 동네에는 늦은 저녁, 혹은 이른 밤이 되면은 지나다니는 사람이 많지 않아요. 종종 제 또래들이 귀가하는 모습을 보는 게 거의 전부예요. 저는 깊은 밤으로 향하는 시각에 높은 곳에 앉아 인적이 드문 골목에 켜진 가로등과 불이 꺼진 건물들을 내려다보고 있었어요.

그때였어요. 동네로 들어서는 길목 사거리에 켜진 밝은 가로등 아래로 익숙한 실루엣이 보였어요. 한눈에 알아볼 수 있었던 그 사람은 우리 아버지였어요. 그날도 어김없이 술을 몇 잔 드셨는지 귀가가 늦으셨죠.

아버지는 큰 바위 같은 사람이었어요. 영원히 움직이지 않을 아주 커다란 바위요. 깎아지른 듯한 절벽이나 낭떠러지 같은 존재는 아니었어요. 우리 아버지는 둥글고 큰 바위였어요. 엄청 큰데, 반들반들한 그런 바위요. 그리고 그렇게 큰 바위는 높은 산 정상과 가까운 어딘가에 놓여 있었죠.

저는 아버지를 만나기 위해 가파른 산을 올라야 했어요. 한참을 올라야 했던 높은 산은 어린 제게 위압적으로 느껴졌어요. 그렇다고 산을 오르지 않을 순 없는 노릇이잖아요. 커다란 아버지를 만나기 위해선 힘을 내서 산을 올라야만 했어요.

저는 산을 오르기 전에 작은 음료수를 한 병 샀어요. 평소에는 마음껏 마실 수 없는 화려한 색깔의 음료수를요. 그건 어린 저를 설레게 하는 보물이나 다름 없었어요.

아직도 아버지를 만나기 위해 산을 오르던 과정의 매 순간이 생생하게 기억나요.

주말 아침 일찍 눈을 뜨는 건 고통과 상쾌함을 번갈아 느끼게 했어요. 아침밥은 먹기 싫었지만, 한술 뜨고 나면 그렇게 맛있는 식사가 또 없어요. 아직 잠이 들어 있는 집을 뒤로하고 나서는 발걸음은 저를 듬직한 남자로 느껴지게 했어요. 아버지가 되면 이런 기분으로 출근을 하는 걸까, 생각하며 이른 아침 집을 나섰죠. 저는 발소리를 죽여 우리 집이 늦잠을 자는 데에 방해하지 않으려 노력했어요. 그렇게 집을 나서는 순간이면 어엿한 남자로 성장한 기분이었지만 제가 향하는 곳은 집과 멀지 않은 슈퍼였어요. 집을 벗어나면 저는 다시 어린아이로 돌아가는 거예요. 화려한 색깔의 음료수를 사기 위해서죠. 슈퍼 냉장고의 투명한 유리문 너머 줄지어 선 음료수를 들여다보면 가슴이 콩닥콩닥 뛰었어요. 마음에 드는 음료수를 찾으면 가장 깊숙한 곳에 든 시원한 병을 꺼냈어요. 그러곤 집에서 챙겨 온 손수건으로 작은 음료수를 감싸주었죠. 마치 어머니가 어린아이를 감싸 안 듯이요. 그건 제게 소중한 보물이었으니까요.

늦잠을 자지 않는 착한 어린이가 된 기분을 만끽하며 산으로 향하는 발걸음은 가벼웠어요.

머지않아 아버지가 기다리고 있는 산의 등산로 입구에 도착하면 가장 먼저 가장 먼저 하는 일이 있었어요. 가파른 오르막을 오르기 위해서는 준비가 필요했죠. 출근하는 아버지가 넥타이를 매듯이 저는 신발 끈을 조여 맸어요. 왼발과 오른발을 모두 확인한 저는 항상 한 켤레 신발을 빠짐없이 신고 왔는지를 유심히 살피는 아이였거든요.

숲을 마주한 상쾌함과 가파른 오르막을 향해 지레

먹은 겁, 오랜 등산이 안겨줄 고단함과 정상에서 맛볼 뿌듯함 사이를 수없이 교차했어요. 지친 나머지 포기하고 싶은 마음을 먹기도, 그늘에 앉아 빠르게 뛰는 심장박동을 느끼며 활기찬 흥분을 경험하기도 한 저는 갈피를 잡지 못한 순간순간의 감정을 동반한 채 산을 올랐고 정상과 가까운 지점에서 아버지를 만날 수 있었어요. 크고 둥근 바위가 저를 기다리고 있는 그곳에서요.

높은 곳에서 아버지의 귀갓길을 유심히 살폈어요. 그날에 저는 처음으로 크고 둥근 바위가 흔들리는 장면을 보고 말았거든요. 꿈쩍도 하지 않을 것만 같던 아버지가 비틀거리는 걸음으로 집을 향하고 있었어요. 아주 느린 속도로 걸으면서요.

아버지는 술을 너무 많이 드신 걸까요. 아무리 술을 많이 마셔도 조금도 취하지 않은 모습으로 저를 마주하시던 아버지는 어디로 가신 걸까요. 아주 멀리서도 아버지가 늙은 모습이 보였어요. 30대의 아버지가 아닌 40, 50, 60의 아버지가요. 아버지가 할아버지의 걸음으로 걸어 향하는 곳은 우리 집이 맞을까요. 저는 크고 둥근 바위가 순식간에 나뉘고 쪼개져 작은 돌멩이가, 더 작은 모래 알갱이가 되는 장면을 보고 있었어요. 큰 바위가 무너져버리는 순간이었어요.

저는 크고 둥근 바위가 순식간에 나뉘고 쪼개져 작은 돌멩이가, 더 작은 모래 알갱이가 되는 장면을 보고 있었어요. 큰 바위가 무너져버리는 순간이었어요.

저는 이제 산을 오를 때 작은 음료수를 사지 않아요. 가파른 오르막도 성큼성큼 걸어 오를 수 있죠. 정상을 향하는 길에 아버지를 만나지도 않아요. 더는 그곳에 더는 크고 둥근 바위가 없기 때문에 만날 수 없다고 해야겠죠. 대신 저는 오르는 길에, 그리고 다시 내려오는 길에 작은 돌멩이를 주워다 이미 누군가 쌓아둔 더미에 하나를 얹어요. 지난 나날에 제가 쌓아 올린 건지도 모르죠. 작은 돌멩이를 많이 쌓아두면 돌멩이들이 똘똘 뭉쳐 큰 바위가 되는 꿈을 꾸면서요.

아버지, 엄마는 여전히 젊은 모습인걸요

"아버지, 지난밤 꿈에 엄마가 나왔어요."

"그랬니?"

"네, 이젠 꿈에도 잘 찾아오지 않는데 오랜만이었어요."

"엄마가 보고 싶니?"

"아뇨. 어젯밤에 엄마를 봐서 괜찮아요."

"어제가 되기 전에는 엄마가 보고 싶었니?"

"아뇨."

"그럼 이제 엄마를 잊었니?"

"아뇨. 아버지는 엄마가 보고 싶으세요?"

"……."

"꿈에서 엄마랑 나란히 누워 잠을 잤어요. 우리 가족이 바닷가로 여행을 갔거든요. 그런데 우리가 오토바이를 타고 갔는지, 자동차를 타고 갔는지가 기억나지 않아요. 아버지는 언제부터 오토바이를 몰지 않으셨죠?"

"네 엄마를 잃고 난 뒤로는 오토바이를 타지 않았지."

"그럼 엄마도 함께 있었으니 우리가 오토바이를 타고 갔을까요?"

"네가 어린 나이였니?"

"지금과 비슷한 나이였어요."

"그렇다면 우리가 차를 몰고 가지 않았을까?"

"그랬을까요? 저는 우리 셋이 함께 차를 타고 가는 장면은 상상할 수가 없어요. 한 번도 경험해보지 못한 일이라 그럴까요?"

"그럴지도 모르지. 어쩌면 단지 꿈이기 때문에 기억하지 못하는 건 아닐까? 여행은 어땠니? 재미있었니?"

"아마도요. 그런데 저는 꿈속에 눈물을 흘렸어요."

"왜 울었니?"

"우리는 바다가 보이는 방에서 잠을 청했어요. 아버지는 바닥에서 이미 잠이 들어 있었죠. 저는 엄마와 침대에 나란히 누워 엄마를 보았어요."

"엄마는 자고 있었니?"

"아니요. 엄마는 잠들지 않았는데 엄마의 얼굴이 보이지 않았어요. 방 안은 너무 어두웠어요. 아버지가 누운 바닥으로는 창을 넘어 드는 달빛이 있어 밝았지만, 침대까지는 빛이 들지 않았거든요. 보이지 않는 엄마의 얼굴을 가만 들여다보고 있었어요."

"엄마는 뭐라고 하셨니?"

"모르겠어요. 졸린 목소리로 대화를 나눴는데 무슨 얘기였는지 기억나질 않아요. 아버지, 저는 보이지 않는 엄마의 얼굴을 보면서 엄마는 늙었을까, 아직 젊을까 궁금했어요. 엄마가 살아 계신다면 우리가 나이 든 만큼 엄마도 나이를 먹었을 텐데 엄마는 어떤 모습이었던 걸까요?"

"……."

"그게 이상했어요. 엄마가 할머니의 나이가 된다는 게요. 엄마는 제게 엄마일 뿐인데, 엄마가 할머니가 되는 건 이상하잖아요."

"넌 아직 아이가 없으니 엄마는 할머니가 아니지."

"아버지는 할아버지가 되고 싶으세요?"

"너는 내가 할아버지 같으니?"

"……."

"아들아, 너는 다시 오토바이를 타고 싶니?"

"아버지, 이제는 제가 오토바이를 모는 건 어떨까요?"

아버지…… 저는 아버지가 운전하는 오토바이를 타고 다니던 때가 종종 생각나요. 맨 앞자리에 앉아 얼굴을 세차게 때리던 바람을 맞으며 마치 제가 운전하는 오토바이에 아버지와 엄마가 타고 있는 것만 같았는데, 저도 아들이 생기면 오토바이를 살까 봐요. 제 아들에게도 그런 추억을 심어주고 싶거든요.

　　　　아버지…… 저는 엄마와 한 침대에 누워서도 엄마와 가까운 느낌을 받지 못했어요. 엄마에게 가까이 다가갈 수 없었어요. 그리운 엄마의 품에 안기고 싶었지만 그럴 수 없었어요. 더는 엄마의 젖가슴을 만지지 못해서도, 엄마의 품에 안길 수 없을 만큼 제가 자랐기 때문도 아니에요. 저는 엄마와 같은 이부자리를 나눌 수 없었던 거예요. 그건 너무나도 복잡한 일이고 슬픈 사실인 거지요? 보이지 않는 엄마, 아무런 냄새가 없는 우리 엄마…, 나의 엄마 옆으로 누워 소리 죽여 우는 게 전부인 쓸쓸한 밤이었지요.

노부부의 재회

"오랜만이오, 여보."

"어서 와요, 여보."

"당신은 어째 하나도 안 늙었구려."

"당신도 그대로인걸요."

"그동안 어떻게 지냈소?"

"저는 매일매일 우리가 함께하던 날들을 떠올리며 지냈어요. 우리가 젊었을 때 말이에요. 기억나요?"

"두말하면 잔소리지. 나는 당신이 다니던 직장 앞에 깔린 보도블록 개수도 기억하고 있소."

"그런 걸 어떻게 기억해요. 당신도 참."

"당신이 여기서 우리의 젊음을 회상하는 동안, 나도 저기 아래서 당신과의 추억만 곱씹다 보니 그런 것도 기억이 납디다. 우리 참 바삐 살았잖소. 당신이 떠나고 나니 어찌 그리도 시간이 많던지, 내 당신이랑 보낸 시절을 되새기는 데만 한 생을 다 썼소."

75

"그럼 당신 그것도 기억하나 물어봅시다. 우리가 먹었던 아이스크림, 기억해요?"

"내가 당신 것까지 두 개나 먹었던 그 아이스크림 말이오? 당연히 기억하죠. 내 당신한테 맞난 거 먹여주겠다고 사준 아이스크림이었잖소."

"그랬죠. 내가 아이스크림은 좋아하지 않는다고 했을 때 양손에 아이스크림을 들고 당신이 지은 표정은 아직도 잊을 수가 없어요. 어찌나 우스꽝스럽던지."

"별걸 다 기억하고 있구려."

"당신은 제가 다니던 회사 앞 보도블록도 기억한다면서요. 여보, 나는 그날 당신의 그 우스꽝스러운 얼굴을 보고는 당신이랑 같이 평생을 살겠구나 싶었는데, 이 얘기 했던가요?"

"아니, 당신이 그런 생각을 한 줄은 꿈에도 몰랐지."

"나도 내가 왜 그랬는지는 모르겠어요. 당신 얼굴에 그렇게 쓰여 있었나 봐요. 그냥, 아, 나는 이 남자랑 같이 살겠구나 싶었어요."

"당신도 참. 나랑 살더니 싱거워진 게 부부는 이래 닮는가 보구려."

"여보, 그나저나 우리 아이는 잘 있어요?"

"아이고. 아들놈 당신 닮아서 똑 부러지는 게 아주 잘 컸소. 아들 걱정을 여태 할 양반이 어째 그리 일찍 가버

76

렸소."

　"그러게요, 여보. 세상 사는 게 참 마음먹은 대로
되는 게 하나 없지 않던가요. 우스꽝스런 당신 얼굴을 보며
당신과 함께 할 평생이 그렇게나 짧을 줄 상상이나 했겠어
요……."

　"그러게 말이오. 당신이 먼저, 그것도 그렇게나 일
찍 여기로 올 줄 누가 알았겠어요……."

　"여보, 내가 여기 와서도 한이 된 게 뭔 줄 알아요?
우리 어린 아들래미 딱 두 번만 더 안아주고 올걸 싶은 거
있죠. 그래서 가슴이 두 짝 달렸는지 우리 아들 두 번만 더
꼭 안아주고 싶어서 눈이 안 감기더라고요."

　"왜 한 번도 아니고 두 번이오?"

　"그게…… 한 번은, 내 없을 때, 살다 보면 너무 힘
이 들 때 그럴 때 이 엄마 품 생각하면서 한 번만 더 힘 내보
라고요. 또 한 번은, 내 아들이니까, 내도 아들도 우리가 서
로 그 품에서 나던 냄새가 너무 그리우면 그때마다 떠올려
볼 수 있게요."

　"당신, 그리 일찍 갔어도 아들 참 많이 안아주고
갔소."

　"우리 아들 많이 컸을 텐데, 이젠 요 품에 쏙 안기
지도 않을 만큼 컸겠네요."

　"당신 아들놈 이제 내보다도 키가 큽니다. 덩치도
얼마나 큰지 당신이 고 품에 쏙 들어가겠구먼요. 당신이 여

기서 이리 아들 품을 그리워해서 그런가, 당신 아들이 얼마나 자주 당신 묻어놓은 데를 가던지. 지 품에 그 큰 봉분이 다 들어갈 기세로 그리 안아줍디다."

"그래서 그랬나. 우리 아들이 안아준 덕에 내가 여기서 춥지도 않고 따뜻했는가 봅니다. 당신…… 참 고생 많았어요. 내 없이 홀로 아들놈 키우느라 얼마나 힘들었겠어요……. 손 좀 줘봐요. 크림이라도 바르지 왜 이리 꺼슬꺼슬하게 다녀요."

"내 손에 크림 같은 거 바르는 거 봤소. 당신이 손에 한가득 짠 크림이 아깝다고 내 손에도 발라주던 게 다였지. 이리 와보소. 당신은 손이 젊을 때랑 똑같이 보드랍소."

"됐어요. 이제 다 늙어서 쭈그렁이 손이구먼요."

"어디가 쭈그렁이오. 아직 곱기만 한데. 내 이 손이 얼마나 잡고 싶던지 모르오. 당신이랑 손잡고 나란히 걷는 게 그리도 하고 싶었소."

"당신도 늙었는가 봐요, 그런 말도 하는 거 보니."

"그런가요. 당신 말이 그렇다면 그런 게지요. 나도 이제 늙었나 보오. 여보, 우리 이제 이 손 놓지 말고 천천히 걸읍시다."

"그래요. 매일 손 꼭 잡고 나란히 걸어요."

"그런데 당신, 신발은 왜 한 짝만 신고 있소?"

78

이학준

아마 묶는 자세가 귀찮았는지 구두끈이 풀린 양발로 집을 나섰다. 버스정류장을 향해 억지 걸음을 이어나가는 건데, 도와주겠다 하는 구두끈의 외침에 대한 무시가 아니라, 나는 정작 이 걸음걸이만으로 고맙기까지 하다. 걸을 때마다 뒤꿈치가 구두 속을 들락날락거려도, 구두끈 끝이 구두 밑창에 안 잡히려 불안스런 춤을 춰도. 안 하는 까닭이야 변변찮겠지만 그래도 '고맙다'란 식의 포장은 낯설음이다. 버스정류장에 다다른 그때서야 발등으로다 눈을 돌리는데, 나는 정말로 감수해도 될 만한 불편함이었는지, 끝까지 고맙다 하면서 구두끈을 조여 맨다.

1

특히 담임 선생님의 차에 올라타게 됐다. 기숙사생이면 공부가 되는 녀석들인지라, 나는 뒷자리 중간에 탔는데 양옆, 조수석까지 등수가 다 나보다 위였다. 그렇게 마지막 날까지도 나는 나와 녀석들의 등수를 매기고나 앉았다.

"다들 떨리제? 라디오 틀고 갈래?"

잠시 대답이 안 나오다가

"……네에."

"네."

뒷자리에서 두 녀석만의 대답이 나오는데, 분위기 파악 안 하고 있는 나도 한 명이었다. 대답이 없이 라디오

또한 상관없다는 식의 차분한 조수석 전교 1등. 선생님은 라디오를 틀고 가만히 운전에 임하셨다. 양옆의 녀석들을 살펴볼까 하다가 나는 최근에 그래도 오른 내 등수나 곱씹으며 차 안에서의 내 캐릭터 단도리를 해봤다.

"날이니 만큼 수험생들을 위한 노래로 골라봤습니다."

라디오가 우리를 위한 노래로 골랐단다. 바로 전주가 흘러나오고 나는 속으로

'〈달리기〉!'

원곡이 따로 있지만 SES가 부른 버전이었다. "지겨운가요. 힘든가요. 숨이 턱까지 찼나요." 정말이지 우릴 위하는 것처럼 들리는 노랫말. 계속 불러주지 않아도 내가 너무 잘 아는 노래였다. 노래가 시작되기 전까지 쭉 분위기 파악조차 않았던 나는, 설마 내가 오늘 그러진 않겠지, 이따금의 모의고사에서 벌어지던 그 일이 오늘 벌어질지도 모른다고 하는 불안감에 휙 휩싸였다.

"자, 시험장 다 왔다. 내리자."

내 양옆에, 조수석에 탄 실력자 때문이 아니라 스스로 얼음이 된 나는 차에서 내렸다. 수험장 앞은 미리 복잡했다. 웬만한 차에서 내린 수험생들은 오는 내내 차 안이 본인 위주였을 것이다. 그중 한곳을 쳐다보는 내 눈은 부러움보단 불안감에 가까웠다. 배정된 반으로 가서 수능시험을 치르는 상황인데, 나는 내가 불안해했던 그 일이 실제로 벌어지고 있다는 게 믿기지가 않았다.

　　나를 포함 기숙사생들은 여러 선생님들의 차를 뿔뿔이 타고 수험장으로 이동했다. 내가 담임 선생님의 차에 타지 않았다면 과연 어땠을까. 그 선생님만큼은 라디오를 켜지 않아서 〈달리기〉라는 응원가도 지나치게끔 말이다. 나는 연필로 수능시험을 치면서 동시에 머릿속으로 〈달리기〉 노래를 불렀다. 그리고 10년이 지난 오늘에도 강박증을 안고 산다. 한번 귀에 익숙한 멜로디를 들으면 하루 종일 그 멜로디가 귀에서 떠나질 않으며, 조용하고 집중해야 될 상황이면 더욱 심해지는 병…….

2

외출, 외박 다 제한받았던 기숙사생들에게, 수능이 끝났으니, 통학 여부를 선택할 수 있는 기회가 주어졌다. 집이 먼 녀석들은 남고 아닌 녀석들은 통학으로 빠져나갔다. 나는 기회는 기회인지라, 멀리 우리 집 아니라도 근처 살고 있는 고모 집에서의 등하교를 결심했다.

'지겨운가요. 힘든가요. 숨이 턱까지 찼나요.'

사내처럼 사느라 딱 달라붙은 이불 땟자국처럼 머릿속에는 〈달리기〉가 계속 맴돌고 있었다. 시험을 그렇게 쳤으니 채점 결과야 안 봐도 뻔했다. 나는 이불 짐을 짊어지고 기숙사를 빠져나오면서 하나도 홀가분 못 했다.

교실 분위기는 극명하게 갈렸다. 수능을 잘 친 녀석과 아니면 나 같은 녀석. 한 녀석이 바로 다음 날부터 고

급 등산 점퍼를 사 입고 나타났다. '녀석이 직전 모의고사에서 몇 등이었더라?' 습관적으로 녀석의 기세를 등수로써 평가해보지만 아, 마침내 깨달았다. 누구의, 누구의 등수를 매겨봤자 나는 어제 수능을 망쳤다.

졸업식 날짜까지 별 하는 것 없이 등하교 중인 이것마저 죄책감이 들어서 나는 아르바이트를 결심했다. 고모 집 근처 보습학원에서 가르치는 일. 수능보다 훨씬 쉬운 것들이라 일이 낯설거나 어렵지 않았다. 강사들 둘셋이 쉬는 작은 방이 있었다. 학교 마치차마자 오면 너무 일찍인 데다 이제 학원 사람들과도 제법 친해져서 나는 거기서 잠을 청했다.

'지겨운가요, 힘든가요, 숨이 턱까지 찼나요.'

학원에서 나만 아는 내 수능시험지가 떠올라 잠은 항상 짧고 복잡했다.

나를 받아준 고모는 몰랐는데 새벽마다 내가 잘 자고 있나 방문을 열어보셨단다. 항상 나를 위해 기도한다는 우리 고모. 그날 새벽에도 화장실 가는 길에 내가 자는 방문을 열어보셨고, 곧바로 비명이 안 되셨을 거다. 나는 기억을 못 하지만, 기억을 더듬는 것도 내겐 용기이다. 어떤 말로 전했을까, 고모의 전화를 받고서 달려온 우리 가족. 엄마,

아빠, 누나. 한 사람, 한 사람의 목소리. 엄마의 목소리는 울음소리 같았다. 평소에 살 부딪칠 일 없는 아빠가 자꾸 나를 만졌고, 그러고 보니 내가 방 안이 아닌 고모 집 거실에 누워 있는데, 119가 도착하면 곧바로 옮기기 위해서였지 싶다. 한 번씩 눈을 끔뻑거릴 때마다 커다랗게 거실 조명이 날 때렸다. 아직 새벽이구나.

그날 새벽 내 오른쪽 발등이 탔다. 고모가 목격한 내 발등은 헤어드라이기로부터 4도의 화상을 입고 있었다. 어떻게 발생한 일인지는 나만이 아는데, 나는 기억을 못 한다. 코드가 원래부터 꽂혀 있었던 건지, 그래서 내가 잠결에 실수로 동작 버튼을 건드렸던 건지. 모두가 알 만한 사실은, 헤어드라이기가 발등을 태우는데도 나는 고모가 발견해줄 때까지 계속 잠에서 깨지 않았다는 거다.

'지겨운가요. 힘든가요. 숨이 턱까지 찼나요.'

발등이 탔으나 무릎 위까지 깁스를 하고서 달리기를 못 하는 몸이 됐다. 병원까지 어떻게 옮겨졌으며 어떤 치료를 받고 나왔는지 깁스를 차놓고 기억은 못 했다. 다친 부분에 손을 대보지만 붕대의 묶임만이 의지가 강했다. 자는 도중 경기를 일으켰을 거라는 게 병원이 나중에 낸 결론이었다. 내가 기억을 못 하는 것도 경기를 하게 되면 당연하다는 설명이었다. 그러면서 이제부터는 내가 '뇌전증'이라고 했다.

3

샤워를 편히 하려 항상 일찍 일어나는 성욱이가 있었다. 아니 복도 저기에 있다. 매일 보는 나를 발견이라도 한 모양새로 "학준이!" 벌써 내가 일어나 있음 안 되는 거라서 "학준이!" 그래서가 아닌 것 같은데, 나는 내딛는 발에 한 번 찬 바닥을 느끼고 허공에 손잡이를 만들려다가…… 실패한다.

"학준이 괜찮나?"

계단을 어떻게 내려왔는지 기숙사 건물 밖이다. 침을 뱉고 싶어 쭈그려 앉은 자세인데 바닥을 짚은 손이 침 뱉은 델 만지기도 한다. 성욱이가 같이 쭈그려 앉아서 부축하지만 나는 누워버릴 거 같다.

바로 머리맡에 사감 선생님, 또 아까부터 성욱이,

병원 냄새가 옮은 구급차 안. 나는 그 안에서 똑바로 누워 있다.

"……선생님."

"그래. 정신 좀 드나?"

"있잖아요……. 이거 저희 부모님한테…… 알리지 말아주세요."

굳이 그러는 내게 선생님은 알았다고 안심시키셨다. 그리고 병원 응급실에서 나는 침대에 올라갔다가 곧바로 내려올 만큼 나아졌다. 이렇게 빨리 학교로 돌아가도 되나 택시 안에서는 쑥스럽기까지 했다. 모르겠지만 고3이고, 타지에서의 기숙사 생활이다 보니 픽 쓰러졌구나. 나도, 성욱이도, 비밀을 지켜준 사감 선생님도 그렇게 결론을 내렸다.

고3인 아들이 타지의 부모님 걱정 끼치기가 싫었다는 착한 이야기가 아니다. 수능을 얼마 안 앞두고 성욱이가 나를 발견해줬을 때, 좀 더 의심해봤어야 했다. 내가 뇌전증…… 간질일지도 모름을.

4

    간호사였던 고종사촌 누나는 집에서도 간호사 일을 해야 했다. 꼬박꼬박 퇴근하고 나면 내 두꺼운 붕대를 풀어 발등을 소독하고 다시 약을 발라주는 일. 풀 때마다 도대체 얼마나 태운 거냐며 고모는 옆에서 드라이기를 한 번 원망했다가 결국 일찍 발견 못 한 자신에게 원망을 내렸다. 화상이 깊어서인지 나는 통증도 유별나지 않았다. 그런 내 발등이 신기하다 하며 웃음이나 멍청하게 흘리다가, 붕대가 다시 다 묶인 걸 보고는 방 안으로 도망쳤다.

    학원 아르바이트는 강제로 끝났다. 죄송하다는 연락을 드려야 되겠는데, 학원으로부터 연락이 왔다. 내 깁스의 높이가 낮아질 때까지 학원 차로 등하교를 책임져주겠다는 연락이었다. 고모와 친분이 조금 있다 치더라도 내가 거기에서 얼마나 일했다고. 그러니까 손사래가 나가야 하는데 내 상황이 대중교통을 타고 다니지를 못 해 타겠다고 탔다.

벌벌 떨었던 시간을 이제는 녀석들이 하찮게 보내고 있는 교실 안. 한쪽 다리로만 들어왔는데 며칠 전과 다를 바 없었다. 몇 놈만이 내가 다친 걸 보고는 놀라주더니, 걸을 수 있으니 됐단 식으로 놀려댄다.

"뭐? 드라이기에 화상을 입었다고? 병신이네."

나도 기억이 안 나는데 다 말해줄 순 없었지만, 거짓말로 다친 이유를 포개고 싶진 않았다. 그 정도로만 알고 있어라 해놓고, 내가 책상 의자로부터 일어날 때 목발 잡는 걸 좀 도와라고 시켰다. 병신 말을 친구들은 다 들어줬다.

내 깁스의 높이가 무릎 밑으로 떨어졌을 즈음, 두 발로 교무실을 드나드는 놈들이 생겨났다. 다름 아닌 서울대를 목표했던 녀석들. 그러나 누구부터니 두서를 따질 필요 없이, 앞으로 한 번 이상씩은 다 불려 가게 될 것이다. 수능 성적이 반드시 학교로 넘어오겠고, 어쩌면 이미 넘어왔고, 뒷일일지라도 나는 내 차례를 맞이하고야 말 것이다. 남아 있는 한쪽 발마저 저릿해왔다.

불려 갈 만한 녀석들이 다 갔다 왔다. 그리고 전교 몇 등, 몇 등이 아닌데도 부르는데 맨 앞 번호 녀석부터 번호 순서대로였다. 충분히 남아 있는 내 번호. 앉아서 나는 불

려갔다 돌아오는 녀석들의 꼴을 조심스럽게 지켜봤다. ……,
내 번호. 나는 깁스 길이도 짧고 걷기도 제법 걷지만, 말 그
대로 병신마냥 교무실로 향했다.

교무실의 분위기가 교무실 같았다. 칸막이로 나뉘
어져 선생님들은 본인들 컴퓨터 화면만 쳐다보고

"안녕하세요."

담임 선생님 칸을 향한 인사라지만 나머지 선생님
들한테 나는 모르는 학생 같았다.

"니 시험 치면서 도대체 뭐 했노?"

나를 세워놓고 컴퓨터 화면을 들여다보는 담임 선
생님의 첫 번째 말. 나는 '어서 오렴. 우선은 고생했다.' 그런
말을 기대하진 않았지만…….

"니 이 성적이면 힘들다. 알제?"

나를 꾸짖는 말들이 다른 선생님들 칸칸에 다 들어
갔다. 지금도 계속 듣고 계신다. 눈들은 정면의 컴퓨터를 향
해 가 있지만, 이 교무실엔 담임 선생님 목소리 말고는 아무

런 소리조차 안 났다.

"니가 최근에 잘 따라온 건 아는데, 이걸론 지방 국립대도 못 넣는다. 알고 있어라."

"……네."

계속 짜증이 나시는 건 내가 걱정되기 때문인 건가 과연 의구심이 들 정도였다. 우리 반 서울대를 확실시했던 그 세 명이 모조리 망쳐놨기 때문은 아니고. 여태까지 내 모의고사 성적표를 얼마만큼이나 까다롭게 보셨다고. 따라서 나는 최대한 도도하게 교무실을 나가려는데, 내 한쪽 발이 걷고 싶은 속도를 못 따랐다. 빠져나온 복도에서 또다시

'지겨운가요. 힘든가요. 숨이 턱까지 찼나요.'

차 안에서 라디오를 틀었던 담임 선생님이 나는 더 많이 미워졌다.

5

암만 뒤라도 담임 선생님 쌍욕은 하지 않는 게 이 교실에선 매너이기도 했다. 우리 반에는 담임 선생님 조카 녀석이 다니고 있었다.

"담임 새끼, 서울대 보내면 교장한테 돈 받는다던 데 분풀이 할 때가 없으니까 내한테······"

녀석이 있든 말든, 담임 선생님 쌍욕을 하면서 누가 들어온다. 수능을 잘 친 녀석들과 아님 나 같은 녀석들이 한 교실에 있기란 그렇게 서먹해져갔다. 특별반이라 거의 똑같은 인원으로 2~3년을 같이 살았는데, 시험 한 번 만에 참.

불러서 교무실에 들어가면 또 한숨 쉬는 것 말곤 없다가, 마지막일 때, 지방 국립대를 지원하면 안 된다는 다짐이나 내게 받아냈다. 그렇지만 그건 담임 선생님 본인의 다짐이었다.

　"자 앉자."

　좋을 일이 뭐 있다고 생글생글 담임 선생님이 교실로 들어온다. 다행히 마냥 좋은 웃음은 아니다. 교탁 위에다 종이 뭉치를 얹고, 맨 앞 번호한테 나오라면서 차례대로 나눠준다. 받아든 녀석들은 본인 것의 내용을 미리 다 아는 눈치였다.

　"이학준. 이 개새끼야."

　교탁으로 나가면서 절대 봉대한 걸음처럼 걷지 않았다. 내가 받아들 내용에 대해서 나 역시도 알았고, 절대 쫄 필요란 없기 때문에, 종이를 똑바로 건네 들었다. 담임 선생님 역시 개새끼 외엔 덧붙이지 못했다. 나는 고모 집 컴퓨터로 지방 국립대만 세 곳을 지원했는데, 그게 적힌 종이였다.

　'개새끼…….'

　담임 선생님 말을 따랐을 녀석들이 내 자리를 서먹하게 본다.

97

6

분명 아빠인데, 고모 집의 거실 TV를 들여다보는 정도만 하고 있다. 앉아 있는 아빠를 올려다보고 있으니까 지금 나는 누워 있다. 거실 베란다로는 해가 잔뜩 들고, 이상한데 나만 누웠나…… 엄마, 누나, 고모도 지금 내가 입을 열면 분주하게 신경 써줄 것 같은 분위기이다.

"학준아, 학준아, 정신 드나?"

"자, 자 물 한 모금 마셔라."

좀 더 정신이 안 든 척해야 하나 그럴 정도였다. 고모 집에 다 모인 이유에 대해 도리어 묻고 싶었는데, 누운 채로 물 한 모금부터 받아 마셨다. 멀쩡한 정신이니까 나는 몸을 일으켰다. 그러나 바닥이 확 잡아당기는 것처럼 짚었던 팔다리가 조금도 일으키지를 못 했다. 나를 신경써주는 가족을 다시 또 올려다보고 있다.

　　오전 일찍 달려온 내 가족들을 위해 고모가 식탁을 차린다. 우리 가족이 다 있는 고모 집 거실. 이불 덮인 내 다리를 엄마는 계속 주무르고, 처음으로 나를 애처롭게 쳐다보는 사내 성격의 누나, 아빠는 이제 TV도, 그렇다고 나도 아닌 곳을 본다. 고모 집에서 두 번째로 경기를 일으킨 뒤였다.

　　"진짜 하나도 기억 안 나나?"

　　"응? 응…… 이제 괜찮은데?"

　　그러면서 몸은 아직 못 일으키고 있다. 간밤에 내가 글쎄 어땠는지, 물어보려다가 말았다. 거실 속 가족끼리 주고받는 분위기가 일단 당사자인 나에겐 비밀로 하자는 분위기였다.—아니 어쩌면 내가 기억을 할 때까지 기다려준 것이었을 수도.—아침도 안 먹고 달려온 가족들을 고모가 식탁으로 오라고 부른다. 식후에 당뇨 약을 먹어야 하는 아빠가 가고, 본래의 누나 모습으로 말수를 회복한 누나가 가고, 그러나 엄마는 내 다리를, 팔을 계속 남아서 주무른다.

　　"올케, 밥 먹으러 온나. 응?"

엄마는 거기까지 들리는 크기로도 못 하고

"형님 저는 괜찮아요."

고모에게 전해 들은 바만큼 큰 사건은 아니었다고 엄마를 달래보고도 싶은데, 기억이 조금도 안 나는 걸. 나는 누워 있을 수밖에 없었다.

"학준아 배는 안 고프나?"

식탁까지 부축을 받아서 간다고 해도 먹는 시늉만으로 그칠 것 같았다. 나는 조금 전 물 한 모금이 아직도 쓴 맛으로 남아 있었다. 그렇게 내 지금 몸 상태에 대해 하나, 둘 파악이 되자 간밤의 일을 기억해내지 않고 나도 쭉 비밀로 부치고 싶어졌다.

"엄마 그럼 내 학교는?"

"좀 전에 너희 담임 선생님이랑 통화해놨다. 졸업식만 잘 오란다."

"담임이랑?……"

1

졸업식에서의 내 오른쪽 발등은 거즈 조각만을 붙이고 있었다. 그것마저 뗀 듯 당당한 건 나는 지원한 대학 세 곳 중에 한 곳은 합격했고, 더 높은 한 곳은 한 자리 숫자의 후보 상태였다. 그렇다면 마지막으로 뭉친 우리 반 녀석들은, 서로의 상태에 대해 묻거나 하지 않았다.

강당 안에서 뭉쳐 있다가 일렬로 줄을 쭉 서서 졸업장을 받으러 나갔다. 바로 지금이 내가 당당해야 할 때이다. 졸업장을 수여하고자 단상 위인 교장 선생님 뒤를 담임 선생님이 단속하고 있었다. 당당하기를 외면서 단상이 가까웠는데, 이 질리는 고등학교란 졸업장을 주면서까지 입시 결과를 물었다.

"축하합니다. 그래 학교는 어디 갑니까?"

앞의 녀석은 나같이 수능을 망친 녀석인데 지체 높은 교장 선생님의 질문에 대답을 수줍게 바쳤다.

"축하합니다. 그래 학교는 어디 붙었어요?"

나 또한 축하보다 다른 게 궁금하다는 질문이었고, 나는 바로 뒤 담임 선생님 더 들으라고, 후보 상태인 더 나은 대학교를 불어버렸다. 이 줄의 녀석들에 비하면 좋은 곳도 아니었지만 끝까지 당당한 모습으로 단상 위를 내려왔다.

부모님 차를 타고 학교를 빠져나오는데, 내리막길의 그 속도가 헛헛했다. 한 달에 한 번 외박을 받고 다시 기숙사로 들어오면서 이 내리막길, 아니 오르막길이 길기도 길었는데. 첫째 둘째도 입시라면서 축제 한 번이 없더니 졸업식마저 짧네. 질린다 질려. 그러면서도, 혹여나 식순이 더 남았다면 지금이라도 차가 돌아서야 하지 않을까 나는 앉아서 뒤를 돌아봤다.

8

또 잠에서 깼다. 엄마의 얼굴이 내가 경기를 일으켰을 때처럼 나를 내려다봤다. 마른 장작 얕보는 불처럼 한기가 내 몸에 달라붙는다. 나는 그대로 누워서 한기가 사라질 때까지 기다려야 한다. 기다리면서는 엄마와 함께 걱정해줬던 사람들이 하나, 둘씩 떠오른다. 내가 불러다 모아놓고 내가 기억을 못 했던 것에 대한 벌인가 싶다.

오늘 약을 먹었던가…… 그런 것에 생각이 옮겨갔을 땐 몸에 한기가 사라진 뒤였다. 갑자기 모든 것들이 멀게 느껴진다. 후보였던 곳에는 떨어지고 이런 식으로 대학생이 된 것도, 혼자 자취방에 누운 것도, 그리고 내가 뇌전증이라는 것……. 방금 사라진 한기 역시 내 뇌전증 증상 가운데 하나이다. 약을 챙겨 먹는 것 말고는 내가 할 수 있는 게 없다. 지금은 다시 잠들기 위해 노력하는 것.

또 잠에서 깼다. 엄마의 얼굴이 내가 경기를 일으켰을 때처럼 나를 내려다봤다. 평범한 대학생이고 싶은데 또 마른 장작이 되고야 말았다. 이러다간 완전히 타서 없어질 것만 같아 이제부터 나는 밤새서 술도 마셔보고, 클럽에 가서 밤새 춤도 추고 고등학교 3년 내내 겁쟁이로서는 못 했을 법한 행동들을 시도했다. 그러던 어느 날 내 오른쪽 발등과 마주쳤다. 엄지발가락을 뺀 발가락들이 반쯤씩 살이 붙어 있고 나머지 발등의 살도 붉게 굳었는데, 대학가를 휘젓다가 들어온 내가 갑자기 미안해졌다.

서른 살인 지금도 내 오른쪽 발등엔 화상 자국이 여전하다. '지겨운가요. 힘든가요. 숨이 턱까지 찼나요.' <달리기> 노래를 들으면 머릿속에 <달리기> 노래가 맴돈다. 그렇지만 나한테 가장 잘 맞는 뇌전증 약을 먹고 있고, 어제도 잠이 들 때 편안하게 잠들었다. 나는 오늘 좀 게을러서 구두끈을 풀어놓고 걷고 있지만 이것처럼 내 걸음걸이는 무너지지도 않는다. 다급히도 아니게 구두끈을 조여 맨다. '지겨운가요. 힘든가요. 숨이 턱까지 찼나요.' 내가 달리고 싶음 달려도 된다고 대답까지 해오는 발등이다.

M에게 : 무너진

제로 산다는 것

기형겨
ㅁㄴㅇ

M에게,

어떻게 지내니?

이런 인사로 안부를 묻기에는, 인스타그램에 간간히 올리는 게시물들로 서로가 어찌 지내는지 뻔히 알 테고 주고받는 하트로 일상을 확인했다는 표시를 하니, 더 물을 필요는 없겠지. 너는 너 대로, 나는 나 대로 너무나 다른 삶을 살고 있기에, 사실 이제 네 소식도 더 물을 것 없이 스쳐가는 게시물 중 하나가 되었을 뿐이다.

어떤 마음으로 지내니?

이 질문으로 이야기를 시작하는 것이 옳겠다. 너의 피드엔 이제 걷기 시작한 아이의 사진이 가득하고, 내 피드에는 일 얘기만 가득하니까. 내가 그나마 물을 수 있는 것은 너의 마음이다. 웃음 가득한 게시물들 사이, 아이에게 삼시 세끼를 챙겨주고 돌보는 시간이 힘들 때는 없니, 혼자만의 시간을 가지고 싶을 때는 없니, 언젠가 우리가 나눈 미래에 대한 상상, 남반구에서의 삶 같은 이야기를 떠올리기도 하니. 고작 생각해낸 질문들이 다 이런 것이라는 점도, 참 나답다는 생각을 한다.

그 질문은 어쩌면 내가 듣고 싶은 질문이다. 다른 친구들이 종종 연락을 해오기도, 만나 술을 마시기도 하지만, 이제는 어떤 마음으로 어떤 생각으로 사는지 시시콜콜 떠들어댈 여유가 없다. 당장의 상황이나 사건들, 같이 일하는 사람들이나 육아에 대한 이야기만 나누어도 몇 시간이 훌쩍 지나가버리니까. 더 할 말이 있어도 카카오톡으로 대화를 나누다 보면 시간이 훌쩍 지나고, 붙잡고 있을 시간이 더 없을 거란 생각이 드니까. 어렸을 때에는 쉬는 시간마다 삼삼오오 모여서, 학교가 파하고 튀긴 어묵을 먹으면서, 불이 꺼진 기숙사 침대에 누워 온갖 이야길 다 했지. 친구들 이야기서부터 고민이나 요즘 하는 생각들까지. 한 번도 나이를 먹었다는 생각을 해본 적 없지만, 이런 여유가 없다 느낄 때면 우리가 드디어 어른이 되었구나 생각하게 된다.

후드티의 모자를 뒤집어 쓰고 네가 사는 동네로 찾아간 밤을 기억하니. 나는 가득 피곤한 얼굴로 너에게 내가 만들었다는 책을 건넸다. 그걸 받은 너는 언제나처럼 별일 아니라는 듯, 호들갑도 슬픈 표정도 없이 얼마간 묵묵히 책을 읽었다. 그리고 책에서 눈을 뗀 네가 처음 꺼낸 말은 "경말로 스스로 죽고 싶어 하는 사람이 있어?"였다. 정말로 궁금하다는 얼굴로, 그리고 도대체 이런 책을 내가 왜 만들었고, 네게 건넸나 하는 얼굴로 말이다. 그때까지 10년을 넘게 알고 지냈지만, 너와 내가 다른 지역에서 대학 시절을 보낼 때보다 더 멀게 느껴졌다. 나는 너를 만나러 가는 차 안에서도 내내 사고가 나면 좋겠다고, 내가 잘못하지 않아도 누군가 나를 차로 쳐서 내일이 없어지면 좋을 것 같다는 생각을 했으니까. 차마 죽고 싶다는 말을 쓴 사람이 나라는 말은 하지 못하고, "그렇더라고" 답하고 말았다.

그러고 보면 우리가 함께한 그 오랜 시간 동안, 우리 사이에 슬픔이라던지 우울, 불안과 방황에 대한 이야기는 없었다. 중고등학교를 거치고 각자가 좋든 싫든 사회인이 되기까지 말이다. 나는 언제나 의기양양했고, 누가 봐도 어느 면에서도 부족함 없었다. 내가 느끼기엔 너는 힘든 일들이 많을 것 같았지만, 넌 한 번도 그런 내색하지 않고 씩씩하게 빠르게 바뀌는 상황들에 맞추어 할 일을 찾았다.

너무 늦었지만 이제 와 물어보고 싶다. 그런 너도 힘든 시간들이 있었는지, 어쩌면, 그런 나라서 너도 내게 아무 말 꺼내지 않았던 거니. 그래서 너는 몇 년 만에 만나 그런 책을 내미는 내 초췌한 얼굴을 낯설다는 얼굴로 바라봤던 거니.

110

그런 나였기에 내 안으로 틀어박힌 나를 너는 더 낯설게 느꼈을지 모른다. 내 속에 큰 구멍이 생겼다는 것, 풀썩 넘어져 이제 앞으로 더는 나아갈 수 없다는 것, 내 자신이 무너져내렸다는 그 사실 자체가 무엇보다도 참기 어려웠다. 나도 내가 어쩌다 이런 사람이 되었는지는 여전히 모른다. 그 이유를 생각하면 할수록 나를 자책하거나 어른들을 원망하게만 된다. 이제는 그저 내가 주저앉아 시간을 보내고 있다는 사실만이 남았을 뿐이다.

무너진 채로 산다는 것,

그것은 마치 마라톤 경주 속에 혼자 주저앉아 있는 것만 같다. 나보다 뒤에 있다고 생각했던 모두가 나를 앞질러간 지 오래고, 코스 가운데 앉아 기다리는 건 이 경기가 어떻게든 끝나는 일 뿐이다. 경기 시간이 끝났으니, 이제 더이상 달릴 필요가 없으니 코스에서 나가라고, 나갈 시간이라고 말해주면 좋겠다. 당장 트랙 바깥으로 스스로 벗어나고 싶지만, 그것은 꽤 많은 용기를 필요로 하는 일이다. 물론, 당장 더 빨리 뛰어 남들 뒤꽁무니를 따라잡아야 한다는 생각도 하지만, 걸을 힘조차 없다. 뛰기는커녕 영영 걸을 수 있을까 초조해진다. 기어갈 힘도 없다. '완주'라는 단어의 뜻은 존재 자체가 희미해진 지 오래다.

이것이 내가 대학 졸업을 앞둔 스물두셋에서부터 얼마 전까지 살아온 마음이다. 그전에는, 어쩌면 나는 빠른 걸음으로 걸어도 남들이 죽어라 뛰는 것보다 빠르다 생각했다. 누군가 헥헥거릴 때, 그건 그저 능력이 부족해서라 생각했다. 걸어도 남들보다 더 빠르다 생각해 오만했고, 앞질러 가는 이들이 있으면 불안했다. 대학에서는 모두가 이미 나를 앞질러 있다고 생각했다. 오만과 불안 사이를 시계추처럼 오가며 20대가 지났다.

우리가 살던 초록빛 가득한 아파트 단지를 떠올린다. 이제는 가지 않는, 가지 않을 동네에서 가장 큰 신축 아파트 단지의 부모님 집. 나는 학교를 졸업하고 몇 달 그곳에 사는 동안 매일 울었다. 107동이었나, 그곳 코너를 돌면 초록이 더욱 무성하고 아이들이 뛰노는 놀이터가 보이는데, 그곳을 지날 때면 항상 눈물이 뚝뚝 떨어졌다. 왜 그 풍경에 눈물이 났는지는 아직 모르지만 그래서 초록이 미워졌다. 그 길을 지나 눈물을 벅벅 닦고 네 신혼 집에 가서 밥을 얻어먹곤 했지. 너는 그 눈물 자국을 알아차린 적 있니?

하지만 이제는 초록이 무섭지 않다. 그건 올해 상추를 기르고 나서부터다. 봄에는 이사를 했고, 마당이라 하기엔 초라한 한두 평짜리 공간에 상추를 심었다. 길을 걷다 네 개에 천 원에 산 상추 모종이었다. 상추가 어떻게 자라는지, 언제 심고 언제 수확해야 하는지 따위를 알지 못했다. 그

후로 작은 화단에는 상추와 생채, 방울토마토에 바질까지, 꽤 많은 작물이 심겼다. 모두가 쑥쑥 잘 자랐고, 나는 종종 그 식물을 따 초라한 밥상에 올렸다. 내 이른 여름의 스케줄은 그 작물에 물과 비료를 주고 관찰하거나 수확하는 일이 전부였다.

하루하루 자라나는 작물들에 물을 주면서 내가 어떤 아이였는지 떠올렸다. 학교 수업을 빼먹고 고작 한다는 것이 동네 백 년 된 나무 아래서 혼자 김밥을 먹으며 책을 읽는 일이었던 고등학생의 나였지. 너는 뭣하러 그렇게까지 하나 물었지만, 나는 그 백 년이나 되었다는 이름 모를 나무 그늘이 좋았다. 나무 아래서 김밥을 한 조각 우물거리며 읽던 소설의 한 단락을 읽고, 흔들리는 나뭇잎의 모양을 관찰했다. 때로는 축구를 하던 초등학생들과 이야기를 나누기도 했고, 때로는 근처 냇가에 흐르는 물결의 모양을 바라봤다. 이런 생각을 하면, 모두가 이상하다 여기는 '책 같은 걸 만드는' 요즘의 내 모습이 이상하게 느껴지지 않는다.

그런 내게 어른들은 "이러다가 좋은 대학에 못 가면 안 돼" 말했다. "가야 해"라기보다 "못 가면 안 돼"라 기억하는 이유는, 갈 이유는 아무도 설명하지 않았지만, 못 가면 행복한 삶을 살지 못할 거라 말하며 전하던 실패에 대한 공포는 생생하기 때문이다. "못 가면요?"라고 답할 깜냥이 있던 건 아니었기에, 고등학교 3학년이 되어서야 결국 공부를 시작했다. 성적표를 꼼꼼히 살피고, 친구들의 성적에 관심을 가지던 그때부터 나는 오만과 불안의 사이에 서게 되었다.

운 좋게 들어간 대학에서도 마찬가지였다. 하라는 대로, 해야만 한다는 대로 얼추 맞춰가려고 자주 울고 자주 밤을 새며 노력했지만, 사회로 내보내지기 직전의 내게 남은 건 수많은 정신과 병력과 매일 먹어야 하는 약뿐이더라. 나는 내가 어떤 사람인지도 무엇을 좋아하는지도 몰랐다. 알 길이 없었다.

상추 얘기로 돌아오자. 이전의 나였다면 모종을 사서 몇 달을 신경 쓰며 기르는 것보다 마트에서 사는 것이 '효율'적일 거라 생각했을 테다. 세상에는 효율적인 것보다 의미 있는 가치가 있다는 걸 안 지 얼마 지나지 않았다. 모종을 길러내는 기쁨 같은 건 내게 의미 있지 않았다. 몇 푼으로 상추를 사 먹을 수 있는지만이 중요했을 뿐. 삶을 기록하고 글을 쓰고 책을 만드는 일도 마찬가지였다. 대학생의 나는 이 일이 너무나 비효율적이고 비생산적인 일이라 생각했을 거다. 하지만 이제는 안다. 식물을 길러내는 그 마음과 시간이 효율을 떠나 얼마나 가치 있는 것인지.

내가 그런 사람이었다는 걸 다시 떠올리는 데에 10년이 넘게 걸렸다. 다른 사람들보다 더 좋은 학벌에, 더 좋은 회사에 다니고, 더 비싼 차를 타고, 더 좋은 집에 살고, 더 유명한 사람이어야 하는 것. 어쩌면 누군가에게는 그것이 행복의 기준일지 모르겠지만, 그게 나에게는 맞지 않는 삶의 방식이라는 걸, 이제야 알았다. 그걸 안 이후로, 나는 이제 무성한 초록에 울지 않는다.

요즘에는 사랑에 대해 종종 생각해.

사랑, 한 번도 직접 써 종이에 인쇄해본 적 없는 단어다. 내게 무조건적인 사랑을 주는 존재들이 곁에 둘 생긴 후로 사랑과 사랑을 주는 방법, 그리고 받는 방법에 대해 알아간다.

처음에는 어색했다. 이들은 왜 내게 이런 사랑을 베푸는 걸까 의심했다. 내가 먹이고 재워주니까 그럴 거야, 곧 나라는 사람에 지치고 변해 떠날 거야, 어떤 꿍꿍이가 있을지도 몰라, 하는 의심들이 꼬리에 꼬리를 물었다. 나를 향한 사랑한다는 말에, 나를 향해 끊임없이 흔드는 꼬리에 내가 어떻게 반응해야 하는지 알지 못했다. 불편한 얼굴로 '그래서 나더러 어쩌라는 거야?' 생각했다. 일방적인 사랑에 본의 아니게 지게 되는, 상처주지 않아야 한다는 '책임'이 불편했다.

내게 무한한 사랑을 주는 이들은 하남에서 온 오월, 터키에서 온 데보, 이 둘이다. 그리고 그 둘은 내가 아는한 객관적으로 가장 불행한 과거를 가진 존재들이다.

오월이 이야기부터 해볼까. 하남 신도시 재개발 지역에 알박기를 하러 온 개장수들이 데리고 와 방치한 개들 중 하나가 '오월'이다. 태어나 새끼를 낳을 수 있을 때부터 평생 스피츠 종을 낳기 위해 살았다. 우리 집에 처음 온 날부터 한동안은 우리도 무서워했고, 작은 소리만 나도 놀라 도망갔다. 산책을 가도 차 소리, 사람 소리가 나는 큰 길로는 가지 못해 안고 다녔다. 다른 개들과 달리 하수구를 턱턱 밟고 다니길래 그저 무서운 게 없나 싶었는데, 그건 '뜬장'에서 살아서 그렇다 한다. '뜬장'은 배설물이 바닥으로 떨어지도록 바닥마저도 철장으로 만들어 개들을 가둬놓은 장이다. 그런 곳에서 살고 굶으며, 개들을 낳는 것이 오월이의 삶이었다. '오월'이라는 이름도, 우리집에 5월에 왔다는 이유도 있지만 5월의 날씨처럼 따뜻한 날들을 앞으로 보냈으면 하는 마음이 있어서였다.

그런 사연을 알면서도 오월이가 내가 컴퓨터 앞에서 화장실로, 방으로 이동하는 모든 발걸음에 따라오는 게 불편하게 느껴졌다. 나를 그렇게까지 지켜보고 매 걸음마다 관심을 준 생명체는 없었기 때문이다. 오월이의 삶에서 처음 사랑을 준 사람이 나라는 사실을 떠올린 이후로는 그의 관심이 고맙게 느껴진다. 그리고 오월이는 이제 큰 길도, 모르는 동네 번화가도 잘 다닌다.

데보에 대해서는 여기서 그 사연을 구구절절 모두 이야기하기 어렵지만, 갑자기 터키에서 한국으로 열일곱에 와서 별별 고생을 다 했단다. 한국말도 못하고 아는 것도, 우리나라 사람들은 다 쓰는 그 흔한 스마트폰도 없어 숙소를 찾지 못해 길에서 잔 적도 있고, 음식이 입에 맞지 않아 한동안 매일 달걀만 먹었단다. 터키에서 우리와 별다를 것 없이 학교에 다니고 끝나고는 피시방에서 친구들과 게임을 하던 '아이'가 한국에서 온갖 힘든 일은 다 해서 몸 곳곳에 흉터가 있다. 그리고 그렇게 번 돈을 모두 터키에 보냈다고 한다. 보낸 돈은 겨우 집을 짓고, 전기 공사, 수도 공사, 누나의 대학 등록금 같은 걸로 쓰였다고 한다. 사실 나는 한 번도 상상조차 해본 적 없는 일이다.

안 좋은 사연을 늘어놓았지만, 그렇다고 해서 내가 연민으로 그들을 사랑하는 것이 아님은 분명하다. 되레 그들을 보며 내가 내게 연민을 느끼며, 때로는 샘이 난다. 그게 너무 샘이 나 화가 나기도 한다. 그들만큼 사랑하고 사랑받을 수 없었음에, 사랑받은 적 없음에 화가 났다.

데보는 자신의 나라가, 자신의 집이 잘살지는 못했어도 부족함 없이 사랑받으며 자랐다고 한다. 매일 멀리 있는 가족과 통화를 하고, 그의 가족에 친척들까지 영상 통화로 내게도 보고 싶다며 오라 말한다. 그와 달리 나는 한 번도 돈이 없어 굶은 적 없고 가족들의 생계를 위해 어려운 일을 해본 적도, 길에서 잔 적도 없다. 갖고 싶은 건 부모님께 말해서든 혹은 내가 조금만 일해서도 살 수 있었다. 하지만 나는 살갑게 전화를 해 소소한 안부와 소식을 전할 사람도 없고, 언제든 쉽게 보자고 말할 사람도 없다. 네 아이의 돌잔치에 못 가고 병동에 들어갈 때에도 나는 보고 싶은 사람 하나 없었다. 그때에도 우울보단 모든 이들에 대한 분노가 가득했다. 마지막으로 보고 싶은 사람, 슬프게 하고 싶지 않은 사람 같은 것도 없었으니. 흠, 이 이야긴 너무 길고 복잡하니 언젠가 내가 대구 땅을 다시 밟을 용기가 난다면 만나 맥주라도 마시며 얘기하자.

이런 생각에서 비롯해 그들에 샘이 나고 화가 났다. 그들의 환한 웃음을 보며 '나는 왜, 나는 왜……' 하는 답이 나오지 않는 질문을 하고 또 했다.

어쩌면 한 사람을 살아내게 하는 건 사랑이 아닐까, 하는 뻔한 생각을 해본다. 종종 죽고 싶거나, 나를 찌르고 긋고 싶을 때마다 이들을 생각한다. 내 한 몸 가누기에도 힘든 나는 그들의 눈빛조차 여전히 어려운데, 동시에 그 눈빛들이 죽고자 하는 생각을 그만두게도 한다. 까맣게 드리운 눈앞의 그림자를 걷고, 함께할 내일을, 내년을 생각할 수 있게 한다. 내가 이들에게 무엇을 해줄 수 있을지 생각한다. 그들이, 그들의 사랑이 내가 죽지 않고 지난 계절을 견딜 수 있게 했다.

요즘에는 휴대폰으로 오래된 TV 프로그램을 종종 본다. 그중에서도 〈생활의 달인〉을 가장 자주 보는데, 오늘은 꽤 특별한 편을 봤다.

구두닦이 달인은 예전에 권투 선수였는데, 11전 10승이었나, 프로로 데뷔해서 단 한 번 졌다고 했다. 심지어 그마저도 맹장염 때문에 기권패를 한 거였다. 그런데 신기한 건 그보다 전에 나온 회백반의 달인도 권투 선수였는데, 그 사람은 16전 15패를 했다나. 딱 한 번 이겨본 거다. 그런데 그가 이긴 시합도 상대가 아파서 기권패를 한 거였다는 거야. 알고 보니 그 기권 시합이 두 달인의 시합이었던 거다. 둘은 영상 통화로 대화를 하며 신기해했다.

그까지는 나도 '와, 신기하다' 생각하고 말았을 거

다. 그런데 나를 멈추게 했던 건 댓글이었다. '두 사람에게 단 한 번의 승리와 단 한 번의 패배가 어떤 의미였을까' 하는 짧지만 생각을 많이 하게 하는 댓글. 만약 항상 이기기만 한 사람이 끝까지 이기기만 했다면, 지기만 하던 사람이 모두 졌다면, 그들은 각자 알지 못했던 것이 많았을 거야. 그게 기권승이었던, 기권패였던 말이다.

나도 요즘엔 그런 생각을 자주 한다. 내게 한 번도 패배가, 우울증과 함께한 시간이 없었더라면 나는 여전히 어떤 사람들은 내 '위' 혹은 '아래', 또는 '앞' 혹은 '뒤'에 있다 믿으며 살았을 거란 생각을 한다. 여전히 위 또는 앞의 사람들에게 시기 질투하고 아래 또는 뒤에 있는 사람들을 불행하다 생각했겠지. 아픈 사람들, 우는 사람들에 눈 돌릴 새 없었을 거다. 아마 예전과 마찬가지로 당연하게도 다른 사람들이 말하는 그 '기준'에 더 가까워지려고 종일 날선 채 사람들을 대했을 테다. 지금 이 시간에도 누가 볼지도 모르는, 얼마를 벌 수 있을지도 모르는 글을 쓰고 그림을 그리고 있지는 않았을 거다. 지금 나는 채소를 기르는 이유를 여전히 몰라 내가 어떤 아이였는지 떠올릴 시간도 없었을 것이고, 함께 살아가며 사랑하는 이들과 함께할 기회도 이유도 없었을지 모른다.

그렇기에 내게 무너진 채로 산다는 것의 의미는,

내가 겪지 못했다면 알지 못했을 어느 달인의 '1패'이자, 동시에 어느 달인의 '1승'이기도 하다. 무언가를 해내지 못해도 괜찮다는 것, 그 어떤 나라도 사랑 주고 사랑받을 수 있는 존재라는 걸 이제야 알게 되었다는 것.

트랙에 주저앉아, 밀려나, 스스로 기어 나가, 멀뚱히 지나는 사람들만 쳐다보고 있은 지도 벌써 몇 년이 지났다. 얼마나 더 가야 하는지, 어느 방향으로 가야 하는지, 그 목적지가 어디이며 무엇이 있는지 나는 알지 못한다. 그럼에도 나는 네게 잘 지낸다 말하고 싶다.

내가 잃은 게 많다고 생각했다. 나를 넘어뜨린 어른들을 원망하고 과거의 나를 자책하는 데에 그 몇 년의 시간을 썼다. 하지만 이제 와 생각해보면 이런 시간을 겪은 것이 너무나 다행이라는 생각을 한다. 내가 모두가 알아주는 디자이너가 되었다면, 유학을 하고 석박사 과정을 밟았다면, 좋은 회사에 들어갔다면, 많은 돈을 번다면, 그랬다면? 그랬다면 내가 죽고 싶다는 생각을 하지 않았을까, 생각해본다. 여전히 상추를 심는 사람들에게 뭣하러 그런 비효율적인 일을 하냐고, 또 너에게도 다른 사람들에게도 뭐든 잘해내는 사람인 척하려 노력하는, 아마 그런 모습이겠지. 여전히 불안과 오만 사이에서.

　　이제는 안다. 트랙 바깥에는 내가 생각했던 것과 같이 죽음이나 실패가 기다리는 것이 아니라, 앉아서 시간을 보내는 사람들, 나무와 그늘이 기다리고 있다는 것을 말이다. 내가 마라톤 경주라고 생각했던 그 경주가 실은 내가, 혹은 누군가가 개최한 것임을, 그 트랙을 따라 뛰지 않아도 괜찮음을 안다. 물론 때로는 다시 걷지도 못할까 불안하다. 하지만 이제는 부러진 다리로 애써 남들을 제치려 노력하지 않아도 된다는 사실을 안다.

　　추운 계절이면 난 여기에 없을 거야. 그동안 잘 지내. 괜히 또 감기 걸리지 말고 비염 관리도 잘 하고. 내 이야기를 너무 오래 늘어놓아버렸다. 내가 그동안 듣지 못한, 묻지 못한 네 이야기도 궁금하다. 부디, 이 글을 읽는다면 안부를 전해줘.

　　쌀쌀한 바람이 부는 밤에,
　　현경

세계의 시장으로

살아가는 방법

옷벗
ㅏ
오

잠결에 세상이 무너지는 소리를 들었다. 거대하고 둔탁한 물체가 전력을 다해 세상과 부딪치는 소리였다. 오늘따라 꿈속이 유난히 소란스럽다는 생각을 하며 뒤척이던 찰나 갑자기 침대에 진동이 느껴지기 시작했다. 무언가 폭발하고 부서지는 소리가 들릴 때마다 누워 있는 내 몸에 그 충격이 전해지고 있었다. 꿈을 꾸고 있는 것이 아니었다. 설마 지진이라도 난 게 아닐까 싶어 몸을 벌떡 일으켜 세웠다. 굉음은 이어졌고 얼른 이것이 무슨 사태인지 알아채야겠다는 생각에 사로잡혔다. 창문을 활짝 열어젖히니 너무도 황당한 광경이 펼쳐지고 있었다. 어제까지만 해도 멀쩡했던 옆 건물이 무너져내리고 있던 것이다. 커다란 중장비들이 건물의 외벽을 지속적으로 때리고 있었고, 그럴 때마다 오랜 세월 건물을 이루고 있던 벽돌들이 산산조각 나더니 하나하나 아래로 곤두박질치기 시작했다. 그토록 견고해 보이던 건물도 벽돌이 떨어져나가니 금세 앙상한 골조를 드러냈다. 그 초라한 모습이 사나운 맹수들에게 가차 없이 찢어발겨진 가녀린 초식동물의 사체처럼 보였다. 이제 서서히 하이에나들이 몰려와 마지막으로 뼈다귀에 달라붙은 고깃덩어리를 처리하게 될 것이다.

멀쩡했던 건물이 하루아침에 먼지가 되어 완벽하게 사라졌다. 10여 년을 온갖 재해로부터 안전하게 살아남은 건물인데, 한 번의 충격으로 힘없이 허물어지는 모습을 지켜보고 있으니 심장이 아려왔다. 건물도 자신이 오늘 이렇게 갑작스레 무너지게 될 줄은 전혀 예상하지 못했을 것이다. 문득 사람의 삶도 오늘 무너진 건물의 삶과 별반 다르지 않다는 생각이 스쳤다. 우리는 영원히 무너지지 않을 것처럼 살아가지만, 예상치도 못한 사고를 당해 몸이 무너지거나, 그런 사고에 범접하는 날카로운 말 한마디에 마음이 무너지는 것은 정말이지 한순간이지 않은가. 자신의 마음이 오늘 이렇게 산산조각 나게 될 줄 미리 알았던 사람은 존재하지 않는다. 그런 사람이 존재한다면 아마도 그는 미래를 내다보는 능력을 갖추고 있는 게 아닐까.

유난히 쉽게 마음이 무너져내리는 사람들이 있다. 그들은 빗소리 하나에도 둔기에 가격당한 것처럼 무너져내리고, 계절마다 불어오는 바람에도 통풍에 걸린 것처럼 뼈가 시려온다. 사람들은 그들을 일컬어 '나약한 사람'이라고 부른다. 그 말은 부분적으로 맞는 말이다. 그들은 깨지기 쉬운 연약한 감정을 지녔고, 그만큼 날카로운 말이 심장의 가장 깊숙한 곳까지 찌르고 들어갈 만큼 마음의 피부도 얇으며, 심지어는 생채기가 난 곳에 굳은살도 잘 박이지 않아 이미 다쳤던 곳도 처음 다치는 사람처럼 상처에 대한 내성도 좀처럼 생기지 않는다. 남들보다 마음이 얇고 연약해서 날마다 무너져내리는 사람들, 하지만 그만큼 예민하고 섬세해서 상대방의 고통을 가장 먼저 알아채고, 누구보다 일찍 눈물 흘리기 시작해서 가장 마지막까지 울어주는 사람들이기도 하다.

남들보다 심장을 한두 개 정도 더 갖고 태어난 것이 아니라면 어떻게 그토록 많은 것들을 필요 이상으로 느끼다가 스스로 깨지고 마는 것일까. 어쩌면 그들은 애초부터 세 개의 심장으로 세상을 살아가기 시작한 사람들인지도 모른다. 남들보다 두 개의 심장을 더 갖고 있다면, 그렇다면 이미 남들처럼 평범하게 살아가는 것은 욕심일 수도 있겠다. 누구나 자기만의 생존 방식을 찾게 된다면 그들은 날마다 무너져내리는 세 개의 심장으로 어떻게 이 세상에서 살아남아야만 하는 걸까.

하지만 나는 그들이 왜 나약하기만 한 사람들은 아닌지에 대해 구구절절이 변명을 해보고 싶다. 변명이라는 단어를 선택한 까닭은 위에 나열한 나약한 사람에 대한 특성들이 실은 내가 살아오면서 스스로의 성격과 마음을 살펴본 나 자신에 대한 관찰기와도 같기 때문이다. 누구를 함부로 위로하거나 조언을 해줄 수 있는 경험과 능력이 내게는 턱없이 부족하다. 그리하여 내가 유일하게 할 수 있는 것은 기본적으로 엄살을 부리며, 불편할 정도로 끈질기게 나의 역사를 들춰내는 것뿐이다. 그 일련의 과정 속에서 누군가의 공감을 얻는다면 다행이겠지만, 그렇지 않더라도 어쩔 수 없는 일이다. 스스로를 진찰해보는 일이 설령 오진으로 끝난다고 할지라도, 개인의 역사를 돌이켜 보는 일이 무의미로 끝날 것이라고 생각되진 않는다. 이제 나의 나약함은 어떻게 시작되었는지 낡은 서랍을 열듯 조심스레 들춰보고자 한다.

온실 속의 선인장

어린 시절 길을 걷다 돌부리에 발이 걸려 크게 넘어졌던 기억이 있다. 주위를 아무리 둘러봐도 나를 일으켜 줄 사람이 아무도 없었다. 부모님은 일터에 계셨고, 친구들은 이미 엄마 손을 잡고 집으로 돌아간 뒤였다. 울어보면 누군가 와줄까 싶었지만 그때까지 기다리느니 차라리 혼자 일어나는 게 나을 것 같았다. 무릎이 깨져 피가 흐르고 있었지만 생각보다 아프지도 않았다. 실제로도 별일이 아니었기 때문에 체념하듯 일어나 집으로 돌아와 상처를 물로 씻어냈다. 무릎은 조금 쓰리기만 할 뿐 정말이지 아무렇지도 않았다.

만화영화를 보다 보니 어느덧 저녁이 되었고 누군가 열쇠로 문을 여는 소리가 들렸다. 엄마가 왔구나. 반사적으로 소파에서 일어나 현관문 앞으로 달려갔다. 얼른 문이 열리기를 기다리는 동안 마음에서 이상한 낌새가 일렁이기 시작하는 게 느껴졌다. 아니나 다를까 문이 열리고 엄마의 얼굴이 보이자마자 눈물이 났다. 아무렇지도 않던 상처도 갑자기 화끈거리기 시작했다. 본능적으로 이제 나를 다독여 줄 사람이 나타난 것을 알았던 것이다. 엄마에게 안겨 한참을 울었다. 화들짝 놀라며 걱정을 해주고, 다정하게 연고를 발라줄 사람이 나타나자 쓰라림의 고통을 참았던 인내와 의지가 무의미하게 다가왔다.

기댈 곳이 있다는 믿음이 사람의 마음을 여리게 만드는 것일까. 언제나 보호해줄 사람이 곁에 있다는 안심은 나를 더욱 안전하게 만들었고, 그만큼 나는 별 다른 일 없이 온실 속에서 무럭무럭 자라났다. 사소한 말썽을 피우긴 했지만, 그 나이 때의 남자아이라면 누구나 저지를 만한 장난 수준에 그쳤기 때문에, 그 정도로는 온실의 바깥으로 쫓겨나거나 하진 않았다. 부모님은 나를 혼낼 때조차도 스스로가 더 미안한 나머지 따뜻한 포옹으로 야단을 마무리 짓곤 했다. 솔직히 어린 시절의 내게 있어서 부모님은 무서운 존재가 아니었고, 언제나 가장 친한 친구와도 같은 존재였다.

그렇게 어떤 위협도 없이 안전하고 화목하게, 서민의 가정에서 외동아들이 누릴 수 있는 소소한 것들을 전부 누리면서 사춘기를 맞이하게 되었다. 그때의 나로 말할 것 같으면 한마디로 함부로 부서질 준비가 되어 있는 아이였다. 자라오면서 자신을 스스로 보호할 수 있는 그 어떤 방

어기제도 형성하지 못한 채로 사춘기가 되었기 때문에 던지면 깨지고, 찌르면 터질 준비가 된 순두부 같은 정신과 마음을 지니고 있었다. 모두가 해맑기만 했던 어느 시기를 지나고 나니 어느덧 어린아이들 사이에서도 서열과 권력이 생기기 시작했다. 권력은 힘에서 비롯되기도 했고, 부모의 직업이나, 어울리는 친구의 부류에서도 어김없이 탄생되었다. 아무것도 하지 않아도 쌓이는 먼지처럼, 그렇게 아무것도 하지 않아도 권력과 서열은 우리들 사이에 자연스럽고도 분명하게 자리 잡았다.

하지만 그런 조건들과 거리가 멀뿐더러 관심도 없었던 나는 자연스럽게 중심에서 도태되어갔다. 힘의 권력에 무관심했던 까닭으로 얼마간 학교폭력을 경험하기도 했고, 성적이나 취미로 이뤄진 무리들과도 연관이 없었기 때문에 학급의 비주류로 분류되었고, 스스로 외면을 선택하게 되었다. 아이들은 왜 틈만 나면 자신이 상대방보다 강하다는 것을 증명하려 했던 걸까. 온실에서는 그 무엇도 나를 시련에 들게 하지 않았다. 햇볕은 날마다 내리쬐었고, 수분도 충분했으며, 나를 좀먹는 해충도 없었을 뿐만 아니라, 재해조차 비껴갔다. 병들어본 적이 없으니 면역력이 생겨날 기회가 없었고, 위협받아본 적 없으니 강해질 필요도 없었다. 그런데 이제는 야생의 생태계가 나를 온실 속에서 송두리째 뽑아내려 하고 있었다.

모든 아이들이 온실 속에서 자라난 것은 아니었다. 바깥에서 거칠게 자라온 아이들도 있었고, 온실에서 자랐으면서도 유난히도 바깥으로 웃자란 아이들도 많았다. 그들과 같은 환경에서 지낸다는 것은 상당한 스트레스를 불러왔다. 그 시절의 나는 아무것도 아닌 말에도 상처받았고, 툭하면 싸움을 벌이기 일쑤였으며, 날마다 몽상에 잠겨 있곤 했다. 예민하고 여린 마음에 자꾸만 세상의 가시가 박혀서 생채기가 나기 시작했다. 진물이 나고 딱지가 생길 무렵이 되면 또다시 가시가 날아와 상처가 아물지 못하게 딱지를 벗겨냈다. 그렇게 마음이 조금씩 무너져내렸다. 어떻게 하면 이 기형적인 관계들로부터 벗어날 수 있을지 밤마다 고민했지만 결국은 아무에게도 말하지 않았고, 아무런 도움도 청하지 않았다.

그러다 어느 순간 내 몸에서도 면역체계가 형성됐는데, 그것은 바로 가시에 찔리기 전에 스스로 가시를 만들어 다른 사람들의 위협으로부터 자신을 보호하는 것이었다. 누군가 나를 괴롭히려 하기 전에 인상이라도 험하게 지어서 애초에 접근을 막아보자. 어차피 친해질 수 없는 아이일 텐데 관심도 두질 말자. 학급에서 주류를 이루는 재수 없는 아이들과는 거리를 두자. 어쩌면 이 못난 결심이 나를 앞으로 끈질기게 괴롭히게 될 관계의 굴레를 스스로 만든 계기가 아니었을까. 아마도 무너지기 전에 애초부터 가망이 없는 관계들에 벽을 쌓자는 유치한 다짐이 그때는 나를 지키기 위한 최선의 생존법이었을 것이다. 그렇게 온실 속에서 자라온 나는 비로소 가시를 갖추게 된 온실 속의 선인장이 되었다.

열등감의 씨앗

온실 속의 선인장은 안전했지만 위험하리만큼 고독했다. 문제가 발생하면 어떻게 해서든 내가 할 수 있는 수준의 노력만을 하게 되었고, 그 노력의 방향이 그릇된 곳으로 향할지라도 아무도 말려줄 사람이 없었다. 꿈도 없고, 하고 싶은 것도 없었던 고등학생 시절에 평범한 아이가 선택할 수 있는 최선의 결정은 우선 무턱대고 공부를 열심히 해보는 것이었다. 분명 공부에도 요령이 있을 텐데 지독한 성실함만이 정답인 줄 알았던 나는 남들보다 책상 앞에 오래 앉아있기에만 열정을 쏟았다. 분명 투자한 시간은 월등히도 많았는데 성과는 언제나 바닥이었다. 이쯤 되면 유난히 나의 지능이 다른 사람들에 비해 낮다는 단순한 결론이 나올 수밖에 없었다. 결핍의 근원인 열등감의 씨앗이 맺히기 시작한 순간이었다. 누구나 겪을 수 있는 열등감이었지만, 온실 속의 식물에게는 지독한 난치병으로 다가왔다. 노력해도 소용없는 사람이 되었다는 자괴감이 엄습하기 시작했다.

그럼에도 공부를 포기하지 않았던 까닭은 손톱만큼 작은 성취가 있었기 때문이다. 남들보다 현저하게 많은 시간을 투자했을 때 비로소 성과가 조금씩은 나오곤 했는데, 그 수준이 말하기도 민망하지만 70점에서 78점 정도가 되었다는 것이다. 그것도 아주 오랜 시간에 걸쳐서 무식하게 성실함만을 고수한 결과가 그 정도라면 코웃음을 칠 수도 있겠지만, 열등감의 씨앗만을 몸 안에 한껏 품고 물 한 모금도 마시지 못하고 있던 어린 선인장에게는 조금 더 버틸 수 있는 최소한의 수분 공급과도 같았다. 성실함을 고수했더니 약간의 성과가 나왔다. 그렇다면 더욱 성실하게 몰입한다면 지금보다는 조금 더 나은 성과가 나오지 않을까. 대신 성실함을 제외한 삶의 나머지 부분들을 제물로 바쳐야 할 것 같다는 생각이 들었다. 이를테면 사람과의 만남을 줄인다거나 성실함에 대한 강박을 키워 스스로를 채찍질하는 방식으로.

노량진에서 재수 생활을 할 때에도 누구보다 성실하게 공부에 열중했지만 성과는 만족스럽지 않았다. 모의고사 때마다 무너져내렸고, 무너진 마음을 어떻게 달래야 하는지도 모른 채로 다음 날은 시작되었다. 작은 성과가 있다 해도 비교라는 감옥에서 벗어나지 못하니 열등감의 씨앗은 서서히 만개하기 시작했다. 만족스럽지 못한 결과에 이상과는 동떨어진 대학에 입학한 상황에서 캠퍼스의 낭만이나 학구열 같은 게 타오를 일은 전무했다. 그렇게 세상과 단절된 채로 학업에 열중한 결과가 고작 이곳이라는 현실의 원망은 모두 나에게로 향했다. 나 스스로가 내 몸에 수도 없이 많은 가시를 꽂았다. 학생들은 날마다 다양한 명분을 만들어 술을 마셨고, 한껏 달아오른 젊음의 열기를 유흥가 바닥에 뿌려대고 있었다. 운이 나빴던 것인지 아니면 내가 유난히 온실 속에 갇혀 있었기 때문인지는 모르겠지만, 대학에서 소모적이지 않은 만남을 접해볼 수 없었고, 적성을 찾지 못하고 점수 맞춰 입학한 전공 탓인지 모든 강의와 일련의 활동들이 유치하게만 느껴졌다.

게다가 대학에서의 인간관계는 더 이상 고등학교 때와 같지 않았다. 완벽하게 순수한 정으로 이뤄진 관계만을 기대했던 어리석은 나는 무수한 이해관계로 이뤄진 관계들에 쉽사리 적응할 수 없었다. 물론 내가 유난히 여리고 예민한 탓에 진짜의 관계들을 만들 수 있는 기회를 져버렸거나 미리 겁먹고 도망쳤던 게 가장 커다란 장해물이었던 것은 인정해야 할 부분이다. 하지만 아무런 거리낌 없이 순수한 마음을 쏟은 대상이 한순간 돌아서는 일들이 반복되니 인간관계에 대해 회의적이 될 수밖에 없었다. 순수함을 기대했지만 돌아오는 것은 하나를 주면 하나를 받아야 한다는 철저한 등가교환 식의 관계였다. 대학에서 마음의 결이 맞는 친구를 만날 수 없었던 것은 내 부덕의 소치인 것인지 아니면 원래 세상이 이렇게 비정한 곳인지 알 수 없는 답답함에 청춘이

141

질식할 것 같았다.

계산적인 관계에 지쳐가니, 관계에 대한 미련도 조금씩 줄어가는 것을 느꼈다. 또래의 친구들을 만나면 유치했고, 그렇게 서서히 사람과의 만남에서 비롯되는 매력을 잃어갔다. 그럴수록 자연스럽게 책과 영화를 탐닉하기 시작했다. 그 속에는 현실의 관계 속에서는 느낄 수 없는 다양한 감정의 포화가 있었고, 사고의 전환과 삶에 대한 반추, 그리고 상대방의 입장을 들여다보는 사려 깊은 배려가 있었다. 작품 속 주인공들은 말하고 있었다. 너 정도쯤은 열등한 게 아니라고. 누구나 열등한 만큼만 열등할 뿐이고, 누구나 반드시 겪는 성장통을 조금 더 깊숙하게 겪고 있을 뿐이니, 그렇게 고통스러워하지 않아도 된다고. 그들은 어느새 사람이 닿지 못한 나의 마음속 깊숙한 곳까지 들어와 편안한 자세로 앉아 있었다. 상처받은 온실 속 선인장은 스스로 온실의 문을 걸어 잠갔는데, 그들은 어떻게 문도 두드리지 않고 마음속까지 들어올 수 있었던 것일까. 사람보다 책과 영화가 낫다는 위험한 생각이 마음 한구석에 자리 잡자 유일하게 갖고 있던 성실함이라는 무기로 그것들을 무식하게 흡수하기 시작했다.

사랑을 멈출 수 없는 병

　　　책과 영화는 분명 정신적인 충만함을 가져다줬지만 어쩐지 마실수록 갈증이 심해지는 바닷물과도 같았다. 작품에서 얻은 깨달음을 실제의 관계에서 체험해보지 못하는 한 그것은 단지 암기과목을 성실하게 외우는 것과 크게 다르지 않았다. 그 시절의 나는 언제나 고립을 선택했고, 고독을 즐긴다고 생각했지만 돌이켜보면 결국 상처받기 싫은 마음에 사람들로부터 도망쳤던 게 아닐까. 외로웠지만 실제로 외롭다고 말을 꺼내면 너무도 비참해지는 것 같아서 외로움을 어떻게든 숨기고 포장했다. 사람들 사이에서 불편하고 고통받느니 그래도 외로움을 견디는 게 훨씬 낫다고 생각했지만, 안타깝게도 나는 사람과 관계의 결핍을 그리 오래 견디지는 못했다. 관계를 경멸하면서도 미련을 버리지 못한 채 틈만 나면 관계의 길목을 서성이며 저만치 멀리서 사람들을 관조했다. 혼자가 아닌 함께 보내는 하루는 어떤지, 일과가 끝나면 모임에서는 서로 무슨 이야기를 하는지, 함께 술을 마시는 즐거움이란 무엇인지, 그리고 너무 늦었지만 혹시나 지금이라도 나도 그들의 틈에서 함께 어울릴 수 있을지. 수많은 고민 끝에 가끔은 사람들과 억지로 어울려보기도 했지만 역시나 뒤돌아서면 후회가 남는 일들이 많았다.

후회는 체념을 불러왔고, 체념은 미련을 밀어냈다. 관계에 대한 미련은 희미해져갔지만, 사랑에 대한 갈망은 오히려 점점 더 커져만 갔다. 사랑도 기본적으로 관계로부터 시작되는 것인데 사랑은 내게 일반적인 관계와는 애초부터 다르게 다가왔다. 관계의 회의주의자였지만 사랑에 대해서 만큼은 허무맹랑할 정도로 순수와 낭만을 추구했고, 현실과 환상 사이에 경계를 세우지 않았으며, 삶을 모조리 쏟아도 아깝지 않을 정도로 열정적이었다. 너를 따뜻하게 데울 수 있다면, 내가 가진 온기를 전부 잃는 한이 있어도 대수롭지 않았다. 내가 얼음처럼 차가워진대도 너만 온기를 간직할 수 있다면 조금의 망설임도 없이 너를 끌어안았다. 왜 그렇게 사랑에 열정적이고 희생적이었는지 정확하게 알 수는 없지만, 아마도 사람들과의 관계에서 비롯되는 그 무엇의 결핍을 사랑 안에서 찾으려고 했던 것 같다. 내게는 사랑이 일상에서 차지하는 비중이 그 모든 관계들을 합친 것보다 컸지만, 어쩌면 이런 커다란 마음이 너에게는 사뭇 부담이 되었을지도 모르겠다.

우리는 언제나 주워 담을 수 없는 사랑의 말들을 뱉었다. 낭만적인 연애와 뜨거운 사랑이 영원히 지속될 것처럼 우리가 무슨 말들을 뱉는지조차 모른 채로 무작정 사랑을 고백하고 미래를 약속했다. 우리를 제외한 모든 연인들이 이별을 겪어도 우리는 끝까지 살아남을 생존자들이 될 것이라고 확신했다. 하지만 특별한 줄 알았던 우리가 너무도 흔한 연인이었다는 것을 알게 되기까지는 그리 오랜 시간이 걸리지 않았다. 서로의 사계절이 궁금해 시작된 만남이었는데 우리의 작별까지는 두 개의 계절도 변하지 않았다. 우리가 뱉어놓는 사랑의 말들은 공중을 부유하다 아무 데서나 터져버렸다. 모든 게 그렇게 사라져가는데 우리는 그사이에서 아무것도 할 수 없었다.

사랑의 허무함은 그 수많은 다짐과 약속들이 지켜지지 않게 된 것에서 찾아오는 것이 아니라, 그 다짐과 약속들이 무엇이었는지조차 희미해져 정확하게 기억나지 않는 것으로부터 찾아왔다. 그렇다면 우리는 애초부터 사랑의 말들이 아닌 허무의 말들만을 허공에 내뱉은 것이 아니었을까. 사랑의 소멸은 누군가의 거역할 수 없는 힘으로 내 안에 심어졌던 너를 강제로 뽑아 간 느낌이었다. 네가 뽑힌 자리는 폐허가 되어 좀처럼 아무것도 자라나지 못할 것 같았다.

하지만 사랑은 그 무엇으로도 대체할 수 없었다.

사랑의 대상이 나타나면 폐허에도 새싹은 어김없이 돋아났고, 새싹은 서서히 자라나 꽃이 되어 만개했다. 과거의 상실에서 비롯된 트라우마도 사랑의 시작을 막을 수는 없었다. 처음 사랑하는 사람처럼, 한 번도 자신을 내어줬던 적이 없는 것처럼, 그렇게 상실의 기억을 망각한 채 뜨겁게 샘솟는 온기를 또다시 나눠주기 시작했다. 사랑은 차이와 반복의 연속이었다. 새로운 사랑과 이전의 사랑은 아주 흡사한 모습을 지녔으면서도 전혀 다른 모습을 하고 있었다. 지나간 사랑이 무너졌던 지점이라고 해서 이번에도 반드시 무너지는 것은 아니었고, 순탄했던 지점이라고 해서 이번에도 무탈하게 지나가는 것은 아니었다. 언제나 예상치도 못한 곳에서 우리는 무너졌고, 가끔은 서로의 손을 맞잡고 다시 일어나기도 했지만, 대부분은 한쪽이 다시는 일어날 생각을 하지 않았다. 무너진 지점만 다를 뿐 결국은 똑같은 모습을 하고 있었다. 그렇게 사랑은 철저하게 학습되어갔다. 만남이 있으면 작별은 반드시 따라오는 것이고, 어차피 따라올 작별이라면, 그 지점에서 허무를 선택할지 희망을 선택할지는 각자의 몫이었다.

　　　　물론 반복되는 작별을 모두 내 탓으로 돌린 적도 있었다. 온실 속에서 스스로 문을 걸어 잠근 선인장 같은 나는 아무도 만날 수 없는 연애 불구가 된 것이라고 스스로를 원망하기도 했다. 현실보다 몽상에 취약한 나머지 상대방에게 너무 많은 기대를 하고, 또 혼자 너무 쉽게 실망해버려서 언제나 사랑하다가 자멸했던 게 아니었을까. 너는 언제나 무너진 내게 먼저 손을 내밀어줬었는데 스스로가 만든 감옥에 갇힌 내가 그 손을 알아채지도 못했던 건 아닐까. 그래서 너는 내가 한 번도 들여다봐준 적 없는 컴컴한 방 안에서 홀로 지쳐갔을지도 모르겠다. 이렇게 굳이 사랑을 한답시고 곁에 있는 사람에게 피해만 줄 것이라면 차라리 온실 속에서 영영 나오지 않는 게 모두에게 이로운 방법일 것이라는 생각만 커져갔다. 허무의 나락으로 떨어졌고, 폐허에는 비조차 내리지 않았다. 그렇게 너무 일찍부터 정해진 인연을 모두 쓴 사람처럼 사랑의 허무주의자가 되어갔다.

그러나 세 개의 심장을 갖고 있다는 것은 하나의 심장이 황폐해져도 여전히 두 개의 심장이 온기를 뿜어내고 있다는 것을 뜻했다. 어쩌면 세 개의 심장은 서로 연결되어 있지 않아서 서로의 상처를 전달하지 못하거나 혹은 세 개의 심장에서 뿜어져나오는 거대한 혈류가 상처를 빠르게 희석시키는 것인지도 모른다. 그렇지 않다면 어떻게 반복되는 작별에도 바보처럼 다시 처음처럼 뛰고야 마는 것일까. 만남과 작별의 순환을 겪으면서도 사랑이라는 감정은 기특하게 성장해나갔다. 너와 나눴던 사랑은 이제 없지만, 내가 품었던 사랑이라는 감정은 독자적으로 존재해 새로운 인연에게 아주 조금 더 성숙해진 모습으로 다가갈 수 있었다. 사랑의 말들과 사랑의 대상은 소멸되지만, 정성껏 다듬고 보살폈던 사랑의 형태와 깊이는 소멸되지 않고, 온전히 간직할 수 있는 선물이 되었다. 그래서 그 선물을 조심스럽게 다가올 사랑에게 전해주고, 또 전해 받으며 사랑은 계속해서 독자적으로 성장해나갈 수 있는 게 아닐까.

사랑에 있어서 남들보다 많은 심장을 갖고 있다는 건 어쩌면 무조건 지는 싸움이다. 사랑이 승패를 가르는 게임은 아니지만 현실에 발을 딛고 살아가는 사람으로서 누구나 그 정도는 마음속으로 염두에 두고 있다는 것을 안다. 작은 상처에도 타격이 심하지만, 언젠가 분명히 재생될 것을 알기 때문에 두려움보다 너로 인해 상처받을 각오를 하고 사랑이라는 게임에 또다시 뛰어드는 것이다. 비슷하지만 이번에는 조금 다를 것이라고 믿으면서, 혹시나 당신이라면 내가 모아둔 사랑을 모두 건넬 수 있을 것이라는 막연한 기대로, 우리 사이에 벽이 있다면 그 벽을 허물고, 그 잔해로 다리를 세워 서로에게 건너갈 수 있지 않을까. 어차피 찾아올 작별이라면 허무 대신 희망을 품고 사랑에 뛰어들고 싶지만, 사랑이 아닐 거라면 이제는 잠깐이라도 서로에게 머물지 않게 되기를, 오직 사랑까지 도달하는 인연과 감정만이 남아 있기를 바라는 마음이다. 사랑이 미궁이라면, 미궁의 끝은 결국 희망이라는 믿음으로 사랑을 멈출 수 없는 병을 치유하지 않는다.

놓을 수 없는 마지막 끈

      하지만 사회는 유약한 어른이 품은 사랑의 신념 따위에는 아랑곳하지 않고 삭막하게만 흘러갔다. 자신이 어떤 사람인지와는 상관없이 출근을 하는 즉시 사람들은 본모습을 감추고 자신에게 가장 잘 어울리는 옷을 골라 입듯 가방 안에서 직원으로서 가장 적합한 가면을 골라 썼다. 그들은 가면을 쓰는 직후부터 완벽하게 다른 사람이 되어 업무적으로도 적당히 성과를 냈고, 직장 내 인간관계에 있어서도 겉보기에는 다들 별 다른 문제없이 원활해 보였다. 누구나 절대로 지울 수 없는 고유한 성향이 있다지만, 회사라는 공간에서 만큼은 직원들이 퇴근 후에는 도대체 어떤 사람으로 살아갈지 예측할 수 없었다. 그들은 자신을 완벽하게 지우는 방법을 실패를 거듭하며 성공적으로 터득한 것 같았다. 날마다 한 공간에 모여 하루의 대부분을 함께 보냈지만 직원이 아닌 사람으로서의 믿음이나 신뢰는 좀처럼 쌓아가기 힘들었다. 모두가 웃는 얼굴을 하고 있을지라도, 그 이면에는 경쟁에서 비롯된 시기와 질투, 그리고 긴장을 조금만 늦춰도 옆에 있는 직원에게 뒤처질지도 모른다는 불안이 꿈틀거리고 있었다.

회사 차원의 업무적 효율과 장기적인 이익 앞에서는 직원뿐만 아니라 고객 개인의 사정이나 인간에 대한 존엄 같은 것은 존재하지 않았다. 이를테면 영업사원이 가난한 사람을 설득해서 값비싼 물건을 팔아 실적을 올리는 것도, 서비스직 종사자가 한껏 친절을 베푼 뒤 자신에게 친절사원 투표를 해줄 것을 부탁하는 일도, 병원이나 학교가 새로운 건물을 세우기 위해 재력가의 환자나 학생들을 우선적으로 다루는 일도, 전부 다 이질적으로 다가왔다. 그럴 때마다 어른들은 우쭐대며 말했다. 나도 너 같은 시절이 있었다고, 처음이 어렵지 남들의 사정 같은 거 눈 한번 감다 보면 금방 익숙해진다고, 그것이 바로 어른의 삶이라는 것이라고. 그들의 말대로라면 나는 여전히 온실 속에 갇혀 있는 어린아이에 불과했지만, 그들이 말하는 어른이라는 게 고작 이런 것이라면, 차라리 영원히 어른이 되지 않는 피터 팬의 삶을 선택하고 싶었다.

아무리 흘러가는 대로 살지라도 누구나 가슴속에 마지막 끈 정도는 하나씩 간직하고 있다고 믿었다. 손바닥이 만신창이가 되는 한이 있더라도 마지막까지 절대로 놓을 수 없는 그 간절한 끈. 그것은 사랑과 우정, 종교나 신념, 열망이나 꿈, 그리고 약속이나 양심 같은 것들이 될 수도 있지만, 자신이 믿음을 갖고 의지하는 그 어떤 것이 될 수도 있었다. 하지만 마지막 순간이 찾아오지 않아도 그 끈을 스스로 내려놓는 사람들은 얼마든지 존재하고 있었다. 계획이든 실수든 한번 놓친 끈은 다시는 손에 잡히지 않았고, 애초부터 없던 것처럼 삶에서 서서히 지워져갔다. 어쩌면 그들의 말이 옳았는지도 모른다. 현실을 살아가면서 눈 한번 질끈 감고 끈을 놓거나 선을 건너면 그만인 것인데, 행동으로 옮기지도 못 할 타인의 고통에 대한 연민 따위를 품고 살아가는 게 도대체 무슨 의미가 있단 말인가. 무엇에든 익숙해지면 의문을 품지 않았을 텐데 젊음의 치기로 내 것일 수 있었던 수많은 기회들을 놓쳐버린 건 아닐까.

　　세월이 많이도 흘렀고, 사람을 경멸하던 나는 이곳저곳을 거치다 아이러니하게도 비행기에서 전 세계의 수많은 사람들을 상대하는 승무원 일을 하며 살아가고 있다. 남들보다 예민하고, 상처도 쉽게 받을뿐더러, 자아도 과잉되어 있는 내가 어떻게 서비스직 종사자로 살아가고 있는지는 나조차도 의문이다. 사회에서 유약함이란 나약한 패배자의 상징 그 이상도 이하도 아니니까. 어쩌다 잠깐 가면을 벗어놓은 사이 그 유약함을 남들에게 들키기도 하는 날에는 이제 스스로 모두의 먹잇감이 되는 것과도 같았다. 이상보다는 현실과의 타협이라는 진부한 말로 개인의 역사를 포장할 생각은 없다. 하지만 생존이라는 것은, 밥벌이라는 것은, 그리고 책임져야 할 것들이 많아진다는 것은, 생각보다 훨씬 잔인해서 사람을 종종 극한의 절박함으로 몰아세웠다. 그 벼랑 끝에서 사람이 할 수 있는 선택은 세 가지뿐이었다. 뛰어내리거나, 되돌아가거나, 혹은 그 벼랑 끝에서 자신을 숨긴 채로 버티며 살아가거나. 대부분의 사람들은 극단이 아닌 중도를 선택했고, 나 또한 그들을 뒤늦게 따라가며 마지막 선택지를 택했다. 어느 한쪽으로 완전히 휩쓸리지 않고 날마다 버티며 살아가기.

여전히 마지막 끈만은 놓지 않고 있지만, 예전의 그 어른들이 해주던 말을 이제는 완벽하게 부정할 수는 없게 되었다. 어차피 이렇게 사회의 비정에 익숙해질 것이었다면 애초부터 일찍 삶의 민낯에 뛰어들 걸 그랬다는 후회가 들 때도 많았던 게 사실이다. 하지만 그랬더라면 몰랐던 삶의 이면들을 서서히 잃어가고 있는지조차도 알아채지 못한 채로 무심하게 살아가고 있지 않았을까. 빛이 어둠을 동반하는 것처럼, 삶의 밝은 부분이 있다면 반드시 반대편에는 어두운 부분도 밀착되어 있기 마련이다. 모두가 웃고 즐기는 새벽 유흥가의 한구석에는 폐지 줍는 노인이 힘겹게 작업을 하고 있고, 들뜬 마음으로 떠나는 공항 곳곳에는 갈 곳 없는 수많은 사람들이 배회하고 있다. 만약 너무 일찍 마지막 끈을 놓

아버리고, 아무런 저항 없이 선을 넘었다면, 아마도 지금쯤 눈이 있어도 제대로 바라볼 수 없는 눈 뜬 장님이 되었을지도 모른다. 보이는 게 전부라고 믿는 채로, 시기마다 이뤄야 할 것들을 숙제처럼 해냈다는 만족감에 젖은 채로, 그것만이 온전한 행복이고, 정확한 성공이라고 믿으면서. 마지막 끈을 부여잡고 있는 대가로, 심장을 많이 갖고 태어난 대가로, 삶을 에둘러가며 구석구석 놓치지 말고 제대로 들여다봐야만 하는 운명을 거스를 수 없는 것일까.

소년이 어른이 되어

오늘도 사람의 숲속으로 묵묵히 걸어 들어간다. 저마다 다른 사람들의 뿌리가 나무가 되어 서로 뒤엉키고, 등을 돌리기도 하면서, 그렇게 부러지고, 병들기도 하지만, 결국은 되살아나 서로가 공존하는 울창한 숲을 이룬다. 물론 그 숲에는 홀로 동떨어진 나무도 있고, 다른 나무들과 무리를 이룬 나무도 있겠지만, 혼자라고 해서 고독하다거나, 함께여서 충만하다는 섣부른 판단은 금물이다. 우리는 숲의 내막을 알지 못하고, 숲은 나무들 각각의 입장을 온전히 대변해주지 못한다. 그런데 조금만 가까이 들여다보면 자라나는 어린 나무들은 쉬지 않고 말을 하고, 이제 가까스로 어른이 된 나무들은 어쩐지 좀처럼 입을 열지 않는다는 것을 알게 된다. 어른이 되는 동안 무수한 세월의 풍파가 그들에게 침묵이라는 벌을 가져다준 것일까.

말의 힘은 생각보다 연약해서 그 안에 감춰진 허무

까지 씻어줄 수는 없다. 살아가면서 말로 인해 무너진 순간들이 얼마나 많았던가. 사랑과 이별의 말들, 자신과의 약속, 삶에 대한 다짐, 심지어는 일상적인 대화 속에서 모순과 편견을 피해 갈 수 있는 말들은 그리 많지 않았다. 자신의 실체와 자신에게서 비롯된 말들은 자기모순이 되고, 자기혐오가 되면서, 서서히 스스로에게 실망하고 무너지면서 침묵에 대해 뼈저리게 배워가는 게 아닐까. 허무로 인한 무너짐, 그것은 남들에게 토로한다 하여 채워지는 고통이 아니고, 스스로의 깨달음이 변할 때까지 수도 없이 무너져가며 체험해봐야만, 일말의 희망이나마 건져 올릴 수 있는 극한의 절망이다. 타인으로 인한 무너짐은 어쩌면 타인이 구원이 될 수도 있겠지만, 스스로 몰락한 무너짐은 어떻게 다시 일어서야만 하는 것일까.

언젠가 어른이 된다면 유약한 심성도 굳어지고, 예민한 성격도 무뎌지며, 그렇게 무너지는 일도 적어질 줄 알았다. 그런데 어른으로 불리는 때가 찾아오니 오히려 무너지는 일들은 훨씬 많아졌는데, 다만 이제는 스스로 무너짐을 숨긴 채 살아가게 되었다. 어린아이처럼 엉엉 울며 도움을 바랄 수도 없는 것이고, 무너짐을 무작정 드러내기에는 나약한 사람이 되는 것 같아서 겁부터 난다. 이제는 길에 넘어져 있다 하여 누구도 쉽사리 손을 내밀어주지 않는다. 어른이니까 스스로 일어날 수 있을 거라고 생각하는 걸까, 사람들은

넘어져 있는 나를 투명인간처럼 그대로 관통해서 지나갈 뿐
이다. 여전히 어른들의 사회라는 거대한 바다에서 물안경 없
이 헤엄치기란 여간 쉬운 일이 아닌데, 사람들은 자꾸만 나
의 물안경을 벗기려 한다. 아직 바다에서 맨눈을 뜰 준비가
되지 않은 것뿐인데, 그래서 물안경을 쓰면 제대로 볼 수 있
는데, 왜 다수의 방식이 정답인 것처럼 재촉하는 것일까.

무너지지 않는 무너짐

       돌이켜 보면 언제나 바보처럼 혼자의 힘으로만 다시 일어서려 했다. 도와 달라는 말 한마디가 뭐가 그렇게 어려웠는지 모르겠다. 내가 지금 많이 힘들다고, 여기서 어떻게 빠져나가야 할지 모르겠다고, 그래서 조금은 위급한 상황이니 내 이야기를 조금 들어줄 수 있겠냐고. 하지만 속마음을 꺼내 보이기에는 나의 무너짐은 너무도 초라해 보였다. 이 정도 무너짐 따위로 힘들다고 말하면 진짜로 힘든 일을 겪은 사람들을 조롱하는 것 같았고, 무엇보다 불행히도 사람이 사람에게 진정한 위안이 될 수도 있다는 것을 그때까지는 깨닫지 못했다. 어쩌면 나는 단 한 번도 제대로 무너진 적 없는 엄살쟁이에 불과할 수도 있겠지만, 무너짐이 자극의 크기와는 상관없이 받아들이는 깊이에 영향을 훨씬 더 많이 받는다면, 그렇다면 날마다 무너져내렸던 상처투성이라고 말할 수도 있겠다. 그런데 만약 그때의 내가 관계의 길목에서 서성이지 않고 먼저 용기를 냈었더라면 조금은 수월하게 무너짐에서 빠져나올 수도 있지 않았을까.

　　하지만 그렇게 심약했던 태도를 원망하지는 않는다. 누구나 살아가면서 자신만의 생존 방식을 습득하게 된다고 가정한다면, 아마도 나는 무너짐에 익숙해지는 가장 편리한 방식을 선택했던 것 같다. 익숙해졌기 때문에 오히려 감당할 수 있는 무너짐에 대한 역치도 높아진 것이다. 물론 익숙해지기 전까지는 날마다 투쟁이었다. 그럴 때는 엄마가 냉장고에 붙여놓은 이런 메모들로 하루하루를 견디기도 했다.

　　'누구에게나 자신이 감당할 수 있는 크기의 시련만 주어진다.'
　　'모든 목적지는 목적지가 아니었고, 모든 길을 우회로였다.'

　　나는 이렇게 사람이 아닌 문장에 기댈 수밖에 없었던 사람이지만, 아마도 당신은 아닐 것이다. 당신이 무너지면 누군가 먼저 손을 내밀어줄 수도 있고 혹은 아무도 거들떠보지 않을 수도 있다. 당신에게 손을 내밀어준 누군가에게 힘들다는 말을 꺼내는 순간, 자신도 모르게 눈물이 흐를지도 모른다. 하지만 그때의 눈물은 좌절이나 나약함의 상징이 아니라 정화의 시작을 의미할 것이고, 타인의 존재로 위안받는 것은 부끄러움이 아니라 뜻밖의 선물과도 같은 행운이다.

하지만 손 내밀어주는 사람이 아무도 없을지라도, 그 까닭은 당신이 굳이 이상한 사람이기 때문이 아니라, 오히려 세 개의 심장을 갖고 있는 특별한 사람이기 때문이다. 다른 사람의 도움 없이도 남들보다 두 개나 더 많은 심장으로 무너짐을 스스로 넘어설 수 있는 끈질긴 사람이기 때문에, 지금 비록 앞이 보이지 않는 캄캄한 어둠 속에 쓰러져 있대도, 결국은 혼자서도 일어설 수 있는 내력을 갖고 있기 때문에, 타인보다는 자신을 조금 더 믿어볼 수 있는 값진 기회가 찾아온 것뿐이다. 다만 혼자서 극복하는 일에는 세월이라는 커다란 대가가 필요하다. 세월은 모든 것을 풍화시키고, 무너짐의 칼날까지 닳게 해, 결국은 그것에 무뎌지게 만든다.

세 개의 심장으로 살아가는 사람들은 그들의 숙명을 거스를 수 없다. 마음 같아서는 남들처럼 적당히 삶을 느끼며 살아가고 싶지만, 감각은 그들의 피부에 스며들어 심장의 가장 깊은 곳까지 뚫고 들어온다. 당신의 눈은 남들이 볼 수 없는 깊이를 보고, 당신은 귀는 가장 낮은 곳에서 들려오는 울음소리를 들으며, 당신의 손은 스쳐가는 모든 순간을 정성껏 어루만진다. 삶에 깊숙이 관여하고 싶지 않아도 관여될 수밖에 없는 당신의 숙명. 남들보다 쉽게 무너지고, 또 자주 쓰러지는 당신은, 또다시 바닥에 뒤집어진 게처럼 몸이

제대로 세워질 때까지 발버둥치는 당신은, 그렇게 간신히 일어났으면서도 다른 사람을 안아주려 하는 당신은, 남들보다 삶을 세 배나 더 깊숙하게 받아들일 수 있는 축복을 받은 사람이다. 그렇기 때문에 무너져도 끝내 무너지지 않고, 오히려 무너짐을 자신의 것으로 길들인 당신이 이제 그 방법으로 이 삶을 온몸으로 우직하게 밀고 나갈 수 있을 것이라고 믿는다.

무너짐이란

단어가 3천 번쯤

나오는 이야기

기본척
므으로

무너짐에 대해 이야기하고자 하는 것은 무너지지 않기 위해서인가요. 이미 무너진 뒤에 다시 일어설 방법을 찾고 싶어서인가요. 아니면 무너진 사람들을 보며 동정하며 위안을 얻고 싶어서인가요. 선생께선 어느 정도로 무너지셨나요. 아니, 무너져본 적은 있으신가요. 저는 한없이 망가지고 또 무너져보았지만 다른 누군가가 보기엔 그저 어린 아이 같은 철없는 칭얼거림으로만 보이진 않을까요.

그럼 우리 같이 한번 어디 무너져볼까요.

선생, 선생은 혹시 병리학에도 일견이 있으신지요? 요 며칠 사이는 원인 모를 어지럼증으로 고생을 하고 있습니다. 처음에는 오른쪽 콧구멍 안쪽에 통증이 있어 병원에를 찾아가니 종기가 났다며 의사가 웃기에 저도 같이 웃고 넘기려고 했습니다만 통증은 오른쪽 귀 뒷부분으로 옮겨가 도무지 며칠 사이 좋아질 기미를 보이지 않았습니다. 요 며칠 전부터는 어지럼증이 저를 혼란스럽게 하고 있습니다.

귀 뒤에도 종기가 나는 일이 있을 수 있을까요? 그렇다면 분명 머릿속 어딘가에도 종기가 나버린 것이 분명하지 않은가 싶습니다.

요 며칠 사이 약을 끊은 것이 원인은 아닌가 하고 의심스럽습니다만 약을 다시 먹기에는 저를 둘러싸고 있는 여느 감정들로부터 차단되는 것은 아닌지 하는 불안이 있습니다.

어지럼증이 극심하여 온몸에 힘이 들어가지 않는 것 같아 어제는, 미세먼지가 없는 날은 체중의 감량을 위해 집에까지는 걸어가겠다는 저의 조악한 신념을 저버리고 버스를 타고 가기로 했습니다. 침대에 누워 한 시간 정도 가만 누워만 있다 조금 정신을 차리고 다시금 도무지 머릿속 어느 부분에 종기가 난 것인지를 생각해보다 잠이 들었습니다.

숙면을 푹 취했으니 조금 좋아질 거라는 기대와는 달리 오늘 아침부터는 기어이 증상이 악화되어 손발이 저리기 시작했습니다. 오른쪽 귀 뒷부분에는 아직도 욱신거리

는 통증이 계속됩니다. 병리에는 일절 지식이 없으나 이것
은 혹시 신경증의 일종이 아닐까요? 어느 날 제가 급사했다
는 소식이 들려온다면 누군가는 이 원인을 알고 있어 제 죽
음의 미스터리를 풀어주어야만 합니다 그러나 딱히 선생께
서도 누군가에게 이 비밀을 발설할 리는 없을 듯하니 2~3일
정도 아무렇지도 않게 생활을 영위하다 무의식 속에서 갑자
기 머리를 탁 치듯 떠올라

아 그이는 결국 그렇게 죽어갔나 보다.

하고 생각해줬으면 합니다.

얼굴은 잘생겼어
사진 보여줘봐
근데 결혼을 아직 못 했어 직업이 별로라 그런가
직업이 뭔데
자기 건물 밑에서 식당 하잖어 저기 닭갈비집
그럼 건물주네~
근데 그 부모 재산이지

오늘 일을 하다가 우연히 듣게 된 세 모녀의 대화
를 기억하여봅니다. 얼굴도 직업도 부모의 재산도 별로이
며 결혼은커녕 혼자서 살아가는 일도 별로인 저는 비록 살

아 있는 일과 살아가는 일의 차이를 알지 못할지라도 선생은 분명 행복한 이라는 것을 잊지 말아야만 합니다. 제가 급사를 할지 모를 어느 그 순간에도,

어느 날의 일기를 첨부하여봅니다. 무너짐의 기록이라고 제목을 붙여보려 했으나 도무지 마뜩지가 않습니다.

하지만 놀랍게도 저는 살면서 단 한 번도 무너져본 일이 없습니다. 저의 지극히 평범하고도 이제는 잠옷처럼 편하게 입을 수 있는 일상이 되어버린 이력들. 이를테면 30대에 무직이라거나 살면서 친구라고 부를 수 있는 이들이 없었다는 말을 들으면 사람들은 흔히 아 이 사람은 무너져버렸구나 혹은 무너짐에 대해 뭔가 알겠거니 하시는데 저는 무너지기는커녕 붕괴의 전조라는 균열조차 보여본 적이 없어 굉장히 난감한 일입니다. 제가 비록 30대 중반의 나이에 일정한 직업이 없고 직업을 가질 만한 능력도 없으며 미래는커녕 현재 생활을 영위할 만한 삶의 기반 자체가 없는 사람입니다만 저는 살면서 단 한 번도 무너져본 일이 없습니다. 집이 부자네 집안 형편이 좋아 저렇게 속 편하게 사네 하는 추측들에 대해서도 저는 유연하게 대처할 수 있습니다. 밤을 새고 게임을 하다 겨우 잠이 들고는 하는 매일 새벽의 네시, 출근을 위해 어머니가 일어나시는 시간입니다. 광화문 근처의 빌딩

에 청소를 하러 가시는 어머니의 퇴근 시간은 오후 세시, 하늘에 태양이 정오를 가리키며 떠오를 때부터 나의 마음 속은 타들어가기 시작합니다. 어머니. 나의 일어나지 않은 출근과 일찍 일어나신 어머니의 하루 일과를 비교하며. 나는 무너지지 않도록 나의 하루를 간신히 지켜냅니다.

힘내세요. 지금까지 잘 버텨오셨어요. 하는 응원을 빙자한 자기 만족들에는 어떻게 대답을 해야 할지 모를 일입니다. 그저 짐짓 심각한 척을 하며 그래요 맞습니다 저는 지금까지 수없이 저를 무너뜨리려 하는 압박들을 굳건한 의지와 신념으로 이겨내며 수없이 쓰러짐에도 다시 일어날 수 있었습니다, 하며 저의 뻔뻔함을 과시할 수도 있습니다. 혹은 아니에요 저는 이미 무너진 지 오래입니다만 사력을 다하여 간신히 버텨내고 있을 뿐입니다 라는 말로 동정을 사며 측은함을 불러일으킬 수도 있겠습니다만 그저 저는 몸 둘 바를 몰라 고개를 숙이고 예 예 하며 더 이상 질문에 대한 대답을 기다리지 않을 때까지 버텨내고 있을 뿐입니다. 이러한 격려들로 저를 무너뜨리려는 공격과 시도들이 사라질 때까지, 나는 한 번도 무너져본 일이 없다는 강하고도 굳건한 의지와 신념을 가지고 말입니다.

살며 경험해본 일이 없는 무너짐에 대해서 이야기하는 것은 어려운 일입니다. 그저 차를 타고 고속도로를 빠르게 달리며 창밖으로 지나가는 풍경들처럼 언뜻 지나쳐본 경험은 있어도 스스로 실제로 무너져봤다거나 하는 일은 없습니다. 아 저이가, 혹은 저이의 저러한 상태가 무너진 것이구나 하고 생각하며 그저 언제나 편안하게, 생각하기에 가장 안전한 곳에서 고개만 빼꼼 내민 채로 지켜봤을 뿐입니다.

그렇다면 무너짐에 대해서는 어떤 이야기를 할 수 있을까요. 내가 무너졌거나 무너짐에 가까운 상태가 됐던 때를 이야기할 수도 있겠습니다만 이건 굉장히 위험한 일입니다. 사람들은 자신의 고통만이 대단한 것인 양 여기며 타인의 고통에 대해서는 겸허함을 보이지 않는 이들도 있기에 가급적이면 자신이 무너졌거나 무너짐에 가까운 상태에 갔었던 경험들은 드러내지 않고 숨기고 덜 괴로운 척을 하는 것이 좋습니다. 그래야만 누군가가 나에게 무너졌거나 했던 고통을 털어놓을 때 겉으로는 아 맞습니다 정말 힘들으셨을 것 같아요 저라면 버티지 못했을 것 같은데 참으로 대단하십니다 하고 대답을 하면서도 속으로는 흥 고까짓 것, 내가 걸어온 고난의 행군에 비하면 괴로운 일 축에도 끼지 못하는 군, 하며 비웃을 수 있습니다. 또한 겉으로는 나를 위해주는 척, 괴로움을 달래주는 척하면서도 속으로는 언젠가 이 저의 괴로움을 약점으로 삼아 저를 괴롭히거나 저의 실수에 대한 힐난의 소재로 삼을지도 모를 일입니다.

달의 무너짐은 만월입니다 그것은 상현과 하현의 그림자를 갖지 못했기 때문입니다, 하는 식의 뜬구름 잡는 이야기를 할 수도 있겠죠. 무엇을 써야 할지 모른다는 것은 저에게 큰 공포입니다.

머리가 지끈 하니 아파옵니다. 선생, 선생께서는 지니고 계신 지식이 있으신가요. 병리학의 소중한 고견이 있으시다면 부디 일부를 나눠주시기 바랍니다.

인간관계. 인간관계에 대한 이야기를 합시다. 사람들은 이 관계라는 것을 많이들 경험하고 또 이를 통해 무너지고 이겨내고는 하니까요. 저는 애초에 관계라는 것을 형성해본 일이 없어 잘은 모르지만 오랑캐는 오랑캐로 물리쳐야 한다는 이이제이의 마음으로 제가 잘 모르는 무너짐이란 상황이나 상태에 대한 이야기를 역시 또 제가 잘 모르는 인간관계에 대한 이야기로 물리쳐보도록 합시다. 묘수. 뾰족한 수. 그야말로 역경과 고난을 이겨낼 수 있는 최선의 방안. 하지만 이것은 일종의 비열한 수. 너무나도 쉽고도 뻔한 길로 빠지는 비책. 나를 망쳐놓고 괴롭혔던 인간관계에 대하여 과장 섞인 유머나 구구절절함을 섞어 풀어낼 수 있다 혹은 역으로 내가 망쳐놓고 부서뜨렸던 사람들에 대해 후회와 반성을 섞은 기만으로 풀어낼 수도 있겠습니다만, 너무 속 보이는 짓이라 그만두기로 합니다.

너 그때 대체 나한테 왜 그랬어? 의 문장에서

그때를 떠올리는 일도
너를 떠올리는 일도
대체와 나와 그랬어 사이의
왜를 떠올려야만 하는 일도

슬프고 괴로운 일이기 때문입니다. 그렇다면 정말 힘든 일은 문장을 떠올리는 일이 아닐까요? 그럼 비열한 수작을 하나 더 부려보도록 하겠습니다.

머릿속에 떠오르는 생각들, 쓰고 싶은 것을 제가 가진 단어와 문장으로 표현해낼 수 없을 때 글 앞에서 나는 무너진다. 떠올린 것과 쓰는 일의 사이에서, 써야 하지만 써지지 않는 문장들 앞에 나는 매일 쓰러지고 또 무너지며 언어가 사유를 따라오지 못하는 이 참담한 심정을 적어내는 일조차 불가하여 나는 다시 또 내가 가진 단어와 문장의 무력감에 견딜 수 없이 비참한 심정으로 무너지고 만다.

그야말로 역겹기 짝이 없는 문장입니다. 글을 쓰는 일에서 정말 나를 무너뜨리는 일은 이런 말도 안 되는 허세와 허영으로 가득한 이야기보다는 이 문장들에는 결국 아무 이야기도 담겨 있지 않다는 점에 있습니다.

술을 마신다
불콰해진 얼굴로
유리잔에 가득 남겼다가 사라지는 너와 함께했던
날들을
잔은 수십 번이나 비워져도
너에 대한 마음은 도무지
사라질 생각을 않는다
이제는 함께할 수 없는 날들을 잊으려 다시금
잔을 채워본다

라는 말을 떠올려보지만 실상은 술을 잘 마시지 못
하여 세 모금이면 얼굴이 빨개져버리는데도 불구하고

마신다, 술을
안주는 너와의 추억
을 아무리 넘겨 보아도
줄어들지 않는 마음들

따위의 문장을 적는 것처럼 말입니다. 그렇다면 이
쯤에서 이 이야기의 결말을 미리 말씀드리겠습니다. 작자는
계속해서 무너지지 않았다고 주장하지만 남들이 보기엔 실
상 이미 처참하게 무너진 상태였다 하는 이야기로 끝을 맺
을 예정입니다. 결말이 이미 정해져 있는 이야기가 과연 이

172

야기로서 성립할 수 있을까요? 그렇다고 해서

　　무너져봤다는 것은 최소한 시도라도 해봤다는 이야기입니다. 바닷가에서 아이들이 계속해서 무너트렸다가 쌓아 올리는 모래성처럼, 우리는 계속된 무너짐 속에 성장하고 이루어내고 말 것입니다. 이런 자기계발서 같은 이야기를 할 수도 없습니다. 이런 걸 하느니 그냥 읍내에서 5일에 한 번씩 열리는 장터 한구석에 나가 앞에 빈 깡통 같은 것을 내려놓은 채로 구걸을 하는 편이 좋지 않을까 싶습니다. 선생, 달은 계속해서 차고 기우는 과정을 통해 조수 간만의 차라는 것을 만들어냅니다. 달의 차오름과 무너짐이 지구의 중력과 관련이 있다는 이야기는 뭔가 의미가 있지 않을까요? 누군가의 무너짐이 결국에는 다른 이의 차오름입니다. 선생. 저는 아직도 달에는 토끼가 살고 있다는 이야기를 믿습니다. 이러한 맹목은 어떠한 증세의 하나의 전조는 아닐지요. 불안함 속에 저는 살고 있습니다. 그 어느 날엔가 미국에서 쏘아올린 우주선이 달에 처음으로 도달한 때의 이야기를 저는 가끔 떠올립니다. 그때 머나먼 지구에서 찾아온 사람들을 토끼는 절구공이를 손에 꼭 쥔 채 두려움에 떨며 지켜봤을 것이 분명합니다. 선생, 그때의 토끼의 심정은 과연 어떠한 것이었을까요.

저는 위로라는 말을 믿지 않습니다. 위로는

위로 올려 봐야만 볼 수 있는 이들이 보내는

절망 같은 것입니다. 마치

멀리서 화염을 뿜으며 다가오는

우주선을 바라보는 토끼의 털이 미세하게 떨리던

그 순간처럼요.

주먹을 쥐어봅니다. 꽉 쥔 주먹에는 공포가 담겨 있습니다. 저는 저의 주먹을 내려다보는 일도 두려워 곁눈질로 힐끔 훔쳐보는 것이 전부입니다. 네덜란드의 용감한 소년 이야기를 하겠습니다. 길을 가다가 방파제에 구멍이 뚫린 것을 발견하고는 주먹을 집어넣어 밤새도록 방파제가 무너지지 않도록 지켜냈다는 이야기. 다음 날 아침 싸늘하게 주검이 된 소년을 본 마을 사람들은 그의 용맹함을 기리기 위해 동상을 세워두었습니다. 무너짐을 막는 일은 결국 스스로를 희생하고 무너뜨려야만 가능한 일일까요? 마을을 지키기 위해 자기 자신을 희생한 이 소년은 과연 무너진 걸까요, 아니면 스스로 우뚝 선 걸까요. 타인의 무너짐을 막기 위해서는 결국 용맹함이나 희생 같은 것이 필요할지 모릅니다. 매일 아침 출근하시는 어머니께서 "밥 잘 챙겨 먹어." 하고 메시지를 보내주시듯이 말입니다.

이 글의 결말을 다시 말씀드리도록 하겠습니다.

한 번도 무너져본 적이 없다며 강하고 용맹한 척을 하지만 속 안으로는 사실 누구보다도 더 무너져 있는 상태였다. 하지만 어느 날 누군가가 건넨 따스하고도 다정한 말 한마디. 이를테면 "밥 잘 챙겨 먹어." "넌 괜찮아. 잘하고 있어." 같은 말을 듣게 된다. 말을 들었을 당시에는 무슨 말이지? 난 누구보다도 잘 해나가고 있는데? 하고 시큰둥하게 넘긴다. 하지만 늦은 밤 피로에 지쳐 비틀거리며 집에 오는 길. 검은 어둠 속, 간신히 한 사람이 설 자리만을 비추고 있는 불빛 아래에 문득 멈추어 섰을 때 머릿속에서 반복해서 맴도는 그 말들. "더 이상 아프지 않아도 돼." 이 말을 떠올린 순간 문득, 눈물이 쏟아져나와 그 자리에서 주저앉아 자신도 모르게 오열을 하게 되는 이야기로 마무리할 작정입니다.

　　　쥐어진 주먹에서 땀이 배어나옵니다. 펼까? 하고 생각을 합니다만 아직은 조금 이르지 않나 하는 생각이 듭니다. 쥔 주먹을 내려다볼 정도는 아니더라도 쥐어진 주먹을 잠시나마 펴지 않을 용맹함 정도는 제게도 있습니다. 아마도 네덜란드의 그 소년의 주먹은 제 것보다는 조금 작을 것이나 아마 그가 보여준 용맹함의 크기는 저와는 비교할 수도 없을 정도로 클 것입니다. 사실 이 용맹한 소년의 이야기에서 재미있는 점은 따로 있습니다. 첫 번째는 그가 방파제의 구멍을 발견하고 막은 것은 그의 주먹이 아닌 손가락이었다는 사실입니다. 정말이지 저의 주먹보다도 더 용맹한 손가락입니다. 두 번째로는 그가 피로에 취해 집에 가던 어느 날 밤, 가로등 아래에서 발견한 것은 다름 아닌 방파제가 아닌 자기 자신의 구멍이었다는 점. 마음에 난 구멍을 막을 방법은 대체 어디에 있을까요. 이를 막기 위해서는 손가락, 아니 전신으로 맞서보아도 도무지 새어나오는 눈물은 참을 도리가 없습니다. 세 번째로는 이 네덜란드의 헌신적이고 용맹한 이야기 자체가 허구라는 점입니다. 1800년대 후반 미국의 한 동화 작가가 지어낸 이 이야기는 전 세계로 퍼져나갔고 내륙이 바다보다 낮다는 점에서 사람들은 이 이야기가 네덜란드의 이야기라고 생각하게 되었습니다. 이 소년의 이야기를 진짜라고 믿은 사람들이 여행을 와 사람들에게 이 소년이 자신의 용맹함으로 지켜낸 마을이 어느 곳인지를 물었고 사람들은 생전 처음 들어보는 이야기에 어리둥절하던 와중에 묘안을 발휘, 방파제가 있는 한 마을에 소년의 동상을 세워두고는 여기올시다 하게 됩니다.

저는 이 사실을 알게 된 이후 감탄을 금치 못했습니다. 방파제의 무너짐도 마을을 구하기 위한 소년의 용맹함도. 주먹이었던가 손가락이었던가로 자기 자신을 무너트린 소년은 결국 무너진 것이 아니었다. 실상은 자기 자신을 높이 세우는 일이었다 하는 이야기 전부가 거짓이었던 것입니다. 그렇다면 가로등. 가로등은 어떠한가. 그날 밤 마음에 났던 구멍을 발견한 이야기. 어느 누군가의 마음의 구멍을 발견하여 이를 메꾸려 혼신을 다해보았던 날들. 누군가 나의 마음에 구멍이 있다며 손가락을 가져다 대었지만 사실은 구멍을 후벼 파고 있었던 일이다. 마음이 한결 후련해지는 일입니다. 이제는 자신 있게 내려다볼 수 있습니다. 모든 것이 거짓이었구나. 꽉 쥔 주먹에는 공포가 담겨 있습니다. 대체 벚꽃은 왜 피어날 때보다 무너질 때 더 아름다워버리는 걸까요. 선생, 봄날의 벚꽃처럼 흩날리는 위로의 말들을 뿌려드리겠습니다.

넌 소중한 사람이야.

잘 지내고 있어.

그 정도면 잘한 거야.

세상에서 너를 제일 아껴줘.

누구보다 아름다운 너니까.

그만하면 됐어.

충분히 열심히 살았어.

너에게 함부로 하는 사람들에게 마음 쓰지 마.

너의 자존감을 깎아내리는 사람들에게 굳이 다정할 필요 없어.

어떤가요. 아름다우셨나요? 피어날 때보다 무너질 때 더 아름다워 보이는 말들을 준비해드렸습니다. 소년의 죽음을 담보로 하는 것이었다면 차라리 방파제는 무너져버렸어야 합니다.

잠들지 못하는 밤이 있다, 도무지 아침이 오지 않을 것만 같은 새벽이 있다. 어슴프레 날이 밝아올 기미가 보이면 눈을 질끈 감는다. 나의 이 밤은 아직 끝나지 말아야만 한다. 어색하지 않은 울음이 있다. 명랑하지 않은 웃음이 있다. 어디에도 속하지 못하는 시간들이 있다. 그리고 그 시간들 속에 내가 잠들지 못한 채로 어색하지도 명랑하지도 못한 채로 남겨져 있다. 이 이야기의 끝을 다시 말씀드리겠습니다. 대로변에 자리를 펴고 두 손을 모아 앞으로 내민 채로 넙죽 엎드려 있는 이가 있다. 아이는 엄마의 손을 잡고 걸어가다 그에게로 눈길을 준다. 엄마 저것 좀 봐, 하고 손으로 가리키자 엄마는 서둘러 아이의 시선을 다른 곳으로 돌린다. 저런거 보는 거 아니야. 왜? 그냥 아니라면 아닌 줄 알어. 아니라면 아닌 줄 알아야 하지만 멈출 수 없는 시선이 있다. 아이는 곁눈질로 몰래 남자를 훔쳐본다. 난 무너지지 않았어. 난 아냐. 나는 무너지지 않았어.

위로 같은 건 필요 없어.

아이는 걸어가며 생각한다. 무슨 뜻일까. 엄마를 위로 올려다본다. 어렸을 때 저 아저씨는 엄마 말 잘 안 들어서 그래. 공부 안 하면 너도 저 아저씨처럼 돼. 하는 말들이 나올 것 같았으나 엄마는 아무 말도 하지 않는다. 엄마는 동정도 위로도 슬픔도 측은함도 그 어떠한 감정도 느끼지 않으려 애를 쓰는 것 같았다. 위로 같은 건 필요 없어. 아이는 남자가 끊임없이 중얼거리던 말을 잠시 되뇌어보다가 이내 다른 흥밋거리를 찾아 주의를 돌린다. 이 이야기는 이렇게 끝이 난다.

위로 같은 건 필요 없어.

잠들지 못하는 밤이 있습니다. 해가 지고 가라앉은 공기가 나를 짓누르는 것만 같은 새벽, 어느 때보다도 고요하면서도 견딜 수 없이 시끄러운 마음.

한 통의 문자를 받았습니다. 저장되지 않은 번호로부터 온 문자는 장문의 내용이었습니다. 간단히 요약해보자면 이렇습니다.

잘 지내냐. 어렵게 연락처를 알아내 이렇게 문자를 보낸다. 나를 기억할는지는 모르겠다. 아마 알 것 같다는 생각은 하지만 그것 또한 괴로운 일이다. 어렸을 때는 내가 철이 없었다. 나도 군대를 갔다 오고 회사를 다녀보니까 알겠더라. 누가 나를 괴롭히는 게 얼마나 견뎌내기 어려운 일인지. 그때는 우리가 너무 어렸다. 생각해보면 그래 내가 널 때렸을 때 너도 한 대 때리기라도 하지 왜 맞고 울면서 가만히만 있었냐. 그냥 우리가 서로 너무 어렸다고 생각했으면 한다. 많이 미안해서 연락 보낸다. 얼마 전에 동창회 하는데 갑자기 너는 뭐 하고 사는지 얘기가 나와서 이런저런 소식을 전해 들었다. 아직까지 취업 안 하고 부모님 집에 얹혀산다는데 맞는 말인지는 모르겠다. 동창회는 한 번도 안 나왔는데 언제 한번 나왔으면 한다. 내가 술 한잔 살 테니까 웃으면서 인사할 수 있었으면 좋겠다. 너도 정신 차려야지 친구들은 다 취업해서 결혼하고 집 사고 차 사려고 안간힘을 쓰는데 나이 먹고 그렇게 놀아서는 쓰냐. 다음에 만나게 되면 내가 한 대만 마지막으로 더 때려줄게. 이건 내가 괴롭히려고 때리는 거 아니고 너 얼른 정신 차리라고 때리는 거니까 또 맞고 엎드려서 울지만 말고 너도 나를 좀 때려.

　　중학교 때 저를 지독히도 괴롭히던 아이 중 하나였습니다. 저는 한참을 이 문자를 들여다보다가 내용을 지우고 삭제한 뒤 번호를 차단하였습니다. 잠이 오지 않는 밤이 있습니다. 도무지 아침이 올 것 같지 않은 새벽이 있습니다. 어슴프레하게 날이 밝아올 기미가 보여 저는 눈을 질끈 감았습니다. 저의 이 밤은 아직 끝나지 말아야만 합니다. 어색하지 않은 울음, 명랑하지 않은 웃음들 속에 어디에도 속하지 못한 채 머물러 있는 시간들. 저는 그 새벽에 잠들지 못한 채로 남겨져 있었습니다. 결코 보내지 못할 답장을, 이곳에 대신 적어봅니다.

　　잘 지내니? 나는 원망도 하고 욕도 하고 또 보고 싶기도 하고 그리워하기도 하고 있어. 요새는 집 근처에서 알바를 구해서 하고 있어. 니 말대로 나도 나이가 있으니 제대로 된 직장에 취업도 하고 결혼도 하고 집도 차도 사고 해야 하는데 아직까지 왜 정신 못 차리고 이러고 사는지 모르겠다. 오늘은 집에 오는 길에 걸어왔는데 우리가 다니던 학교를 지나왔어. 건물을 보니까 옛날 생각이 나서 사진을 한 장 찍어봤어. 너는 이곳을 어떻게 기억하고 있을까. 그래도 나와는 달리 좋은 추억이 많았으면 좋겠다. 앞으로도 원망도 하고 속으로 욕도 하고 아마 계속 그럴 테지만 결국엔 그 시절을 나는 그리워하게 되겠지. 지금의 나는 삶이라는 게 없으니까. 죽어가고 있었지만 그때가 내가 유일하게 살아있던 시절이니까. 부디 잘 지냈으면 좋겠다. 잘 지냈으면 좋겠다.

　　난 무너지지 않았어. 난 아냐. 나는 무너지지 않았어. 위로 같은 건 필요 없어.

선생, 봄날의 벚꽃처럼 흩날리는 위로의 말들을 뿌려주시길 바랍니다. 때로는 무의미해 보이는 말들도 큰 위로가 되는 법입니다. 결말이 정해져 있는 이야기가 이야기로서 성립될 수 있을까요. 써지기 전부터 무너져버린 것은 아닐까요. 저를 무너트리려 하는 공포는 비문이 가득하며 두서없이 쓰여진 이야기도 사람들이 읽고 불쾌해하는 것도 아닙니다. 백지. 한 번도 어떠한 흑연이 정서되어본 적도 없는 순백의 종이를 대할 때면 저는 견딜 수 없이 무너져버릴 것만 같은 기분이 듭니다. 무엇을 써야 할지 난감하기 때문일까요 아니면 흰 종이를 더럽히지 않고 싶다는 마음일까요. 쓰는 방법을 몰라서일까요? 써야 할 이야기들이 즐겁지 못한 이야기들이기 때문일까요. 저의 공포는 이날 이때 까지 저의 페이지에는 아무것도 써지지 않았기 때문에 오는 것입니다.

길을 가다 도로변에 아스팔트를 뚫고 올라온 꽃을 신기하게 바라본 적 있습니다. 장하다, 어떻게 저런 곳에서도 꽃을 피워냈지? 하고 생각하다 문득 깨달았습니다. 아스팔트 사이를 뚫고 올라온 꽃은 결국 아스팔트를 무너트리고 올라온 꽃입니다. 아브락사스는 알 껍다구의 무너짐을 딛고 나아간 새입니다. 저는 결국 아무것도 무너트리지 못했기 때문에 저 자신이 무너져버린 것은 아닌가 싶습니다. 아무

것도 써지지 않은 것처럼 보이지만 저의 이 빈약한 흰 종이
에는 그래도 몇 번쯤은 무언가를 써보려 노력한 적이 있습
니다. 그리고 몇 번이나 종이 자체를 찢어버리려 구겼던 흔
적도 있습니다.

이야기가 지나치게 무거워진 것 같아
새롭게 시작하는 이야기

저는 30대의 무직 남성이며 근근이 아르바이트를 하며 살아가고 있지만 6개월을 넘기지 못하고 전부 그만둬 버리고 있습니다. 가장 최근에 했던 아르바이트는 식당에서 카운터를 보는 일이었는데 두 달을 꽉 채우고 월급을 받는 날 그만두었습니다. 퇴사의 통보는 카톡으로, 가히 21세기에 걸맞은 이별 방식 아닐까요? 저는 놀랍게도 살면서 한 번도 무너져본 적이 없습니다. 간간히 사람들이 저의 이력을 들을 때마다 아 이 사람은 무너졌겠거니 하는데 저로서는 상당히 억울한 일입니다. 그런 말들을 들을 때면 아 뭐야 나무너졌어야 하는 거였나? 나 무너졌나? 하는 생각이 들어아 그렇다면 차라리 무너지고 부서져버린 척이라도 해야 이

184

사람들이 기뻐하는 건가 하는 통에 혼자 거울을 보며 무너진 인간의 얼굴이나 행동을 연습하려 해본 적도 있습니다. 그러나 그도 잠시, 무너진 인간의 얼굴이나 행동은 대체 어떤 모습인지가 떠오르지 않아 골머리를 싸매며 인상을 찌푸리다 거울을 봤을 때 나타난 얼굴이 바로 아 이게 무너진 건가? 하는 모습이었습니다. 저에게서 유일하게 무너진 부분이라면 얼굴이 아닐까 합니다. 하지만 이마저도 눈썹을 다듬고 비비크림을 바른다면 어느 정도까지는 다시 세워 올릴 수도 있습니다. 최근에는 살이 많이 쪄서 수염을 기르고 있습니다. 턱수염을 기르면 자연적으로 쉐이딩 효과가 있다는 걸 알고 계셨나요? 귀 밑부터 턱까지 검은 수염을 기르게 된다면 얼굴 윤곽 부분에 그림자가 진 것마냥 날렵하게 보일 수도 있습니다. 그림자라고 하니 언젠가 본 달의 무너짐은 만월이다, 그것은 상현과 하현의 그림자를 갖지 못했기 때문이다 라고 하는 허무맹랑한 문장이 떠오릅니다만 이런 것은 더 이상 생각하지 말도록 합시다. 저는 진지한 것을 견디지 못하는 사람입니다. 언제나 밝고 명랑하며 유쾌하게. 아무리 집에서 놀고먹는다 하더라도 외양을 가꾸는 일은 매우 중요한 일입니다. 어찌보면 번듯한 직장을 다니며 사회생활을 하는 사람들보다도 더 잘 꾸며야 하는 게 백수의 일과입니다. 백수가 항상 신경 써야 할 것을 몇 가지 알려드리겠습니다. 첫째로 요일과 날짜를 잘 알아야 합니다. 주말이 없기에 까딱 잘못하면 사람들이 많은 주말에 외출을 해버리는 불상사가 발생할 수 있습니다. 둘째, 계절이 지나가는 일을 잘 알아야 합니다. 집에 며칠씩 처박혀 있다가 어느 날 평상시처럼 대충 옷을 걸치고 나갔는데 다른 사람들은 전부 얇은 옷을 입고 나왔는데 저만 두꺼운 패딩 점퍼를 입고 나왔다든가 다른 사람들은 긴 옷이나 외투를 입고 나왔는데 저만 반팔에 반바지를 입고 나와 덜덜 떨어야 하는 일은 막아야만 하지 않겠습니까? 아무리 집에서 놀고먹는다고 하더라도 이렇게 저는 세상 돌아가는 일에 관심이 많으며 또 최근 들어 살이 많이 쪘기 때문에 그나마 얼굴을 갸름하게 보이게 하기 위해서 수염을 길렀습니다만 어머니께서는 저에게 왜 지저분하게 수염을 길렀냐며 호되게 야단을 치셨습니다. 어머니는 정말 아무것도 모르는 게 아닌가 싶습니다만 백수의 삶에 있어 가장 중요한 것은 계절의 변화도 요일이 바뀌는 것도 아닌 바로 어머니의 심기를 거스르지 않는 일입니다. 까딱 잘못하다간 한겨울에 반바지만 입은 채로 쫓겨날 수도 있기 때문입니다.

제가 백수의 삶을 살아가는 데도 한 번도 무너지지 않고 거뜬하게 이겨내며 살아올 수 있었던 이유는 바로 여기에 있습니다. 생각할 것, 끊임없이 생각하며 경제생활을 하지 않은 채로 버틸 수 있는 데까지 버틸 것. 그러나 그 와중에도 나름의 품위를 잃지 않을 것. 그러니 가급적 저를 보고 무너졌느니 무너졌겠느니 무너지는 일에 뭔가 일가견이

있겠거니 하는 억측은 자제해주시기 바랍니다. 저는 놀랍게
도 살면서 한 번도 무너진 적이 없었으며 무너질 생각도 없
습니다. 언제나 밝고 명랑하며 유쾌하게, 비록 그 웃음이 허
무맹랑한 것이라 하더라도. 어두운 것, 그림자 같은 것은 생
각하지도 떠올리지도 맙시다. 그 따위 것은 며칠 면도를 하
지 않으면 턱 주위에서 자라나 얼굴을 날렵하게 보이고 싶
을 때나 쓸모가 있는 것입니다. 아 잠시,

　　　잊고 있었던 이야기가 떠올라 한마디만 더 드리겠
습니다.
　　　선생, 이 글은 사실 이런 식으로 끝이 납니다.

들어가며

　　저는 이 삶이 점점 더 어렵습니다. 여기, 자신을 가르쳐주는 학교는 없나요, 청진기를 대면 이 안의 감정을 선별해주는 병원은 없나요, 알약을 삼키면 하나의 감정만 제거될 수는 없나요, 나이가 들어갈수록 알 수 있는 것이 많을 것이라고 믿었던 지난날과는 달리 점차 모르는 것이 더 많아집니다.

　　실패를 딛고 일어서는 방법, 상처를 극복하는 방법, 상실을 견디는 방법, 외로움을 이기는 방법, 그리고 경제적 어려움 없이 살아가는 방법, 무엇보다 행복하게 살 수 있는 방법. 아무도 알려주지 않았기 때문에 한 번뿐인 삶 속에서 우리는 무수한 시행착오와 함께 넘어지고 일어서고 일어서기를 반복하는지도 모르겠습니다. 어른이 된다는 건 넘어져도 스스로 혼자 일어서야 하는 일, 혼자 울어야 하는 일, 아무도 손잡아주지 않는 이 참혹 속에서 저는, 이제 어떤 자세로 일어나야 할지를 여전히 고민하고 있습니다.

인간세계

1.

어떤 책에서 정신병원장이 마음이 아픈 환자를 상담해주며 건네는 말에 오래 눈길이 멈췄었습니다. "여기는 정상이 아닌 자들에게 상처받은 정상인들이 찾아와 처방받는 곳이에요." 저 역시 그런 생각을 한 적이 있습니다. 언제나 상처입는 편은 침범할 의지가 없는 맑은 사람들이었습니다. 당신에게 말하고 싶습니다. 제가 비사회적인 것은 아니고요, 다만 내향적으로 태어난 사람들이 내성적이라는 사회적인 손가락질을 받으며 상처를 받아서 비사회적인 인격체가 되어가는 거예요. 비사회적이라 해서 그게 잘못된 것이 아니에요. 저는 언젠가 내게 손가락질을 하는 어른들에게 이런 말을 하고 싶었습니다. 탁류를 흐르며 고유의 색을 잃어버린 우리가 정상이 아니라고 부르는 그 정상인 자들은 도대체 세계의 어느 곳에서 살아가야 하나요. 대답할 리 없는 당신을 향해 물어보고 있습니다.

아무도 모르게 저 홀로 고독했을, 가난했을, 지긋지긋하게 자신과만 싸웠을 사람들. 언제까지고 자신의 가장 깊은 바닥으로 침잠하는 사람들, 너무나 살고 싶어서 자살을 견뎌보는 사람들. 거대 독식 사회 속에서 한 톨의 모래처럼 말없이 혁명해보는 사람들. 저는 여전히 그들만을 믿어보고 있습니다.

2.

우리는 현재 제도적 쳇바퀴 속에서 무엇이 무엇인지도 모른 채 굴러가는 중입니다. 그렇게 세습되어온 관행을 당연하게 믿고, 이 세계에서 동떨어져 나온 누군가를 배척하고 배타합니다. 그러나 어쩔 수 없습니다, 그 행위 역시 누군가의 생존 방식이기 때문입니다. 그렇게 모두가 모여 거대한 불안 사회를 완성합니다. 불안한 자들은 더 빠른 속도로 집결합니다. 저마다 독립적 자아를 외치지만 이 사회 속에서는 아무도 독자적인 의견을 내세울 수 없습니다. 뭉치면 뭉칠수록 위로가 되는 듯합니다. 여기서 아무도 행복하다고 섣불리 말할 수 있는 자가 없습니다. 자신을 돌보지 못한 상처받는 사람들이 또한 사랑을 하고 관계를 이어갑니다. 그리고 또 다른 상처가 유행처럼 번집니다. 무엇에 감염된 것처럼, 사회는 구석구석 병들어 있습니다. 그러나 아무도 의심하는 사람이 없습니다.

저는 그 곁에서 멸종되지 않으려 부단히 중심을 고수하면서도 여전히 가장 낮고 어둡고, 적막하고 깊은 곳에서부터 인간적인 갈증을 느낍니다. 인간이, 그러니까 인간이 이룬 이 세상이, 저는 모순과 무례와 불신뿐인 인간세계가 어렵습니다.

그럴 때,

　　나는 나를 살지 않는 시간, 그러니까 타인의 쳇바퀴 속에 굴러갈 때, 내가 정하지 않은 언어를 사용하고 마음에도 없는 미소를 지어야 할 때, 화려한 옷을 걸쳐 입고 누군가를 의식하며 세상 속으로 걸어 들어가야 할 때 불만을 느낀다. 그들이 원하는 인간상에 맞춰 원치 않는 몸짓을 취해야 할 때, 세속적인 원칙을 거부하여 비난받을 때 억울함을 느낀다. 그 모든 것이 나의 문제라 생각할 때 괴로움을 느낀다. 물려받은 가난을 극복할 방도가 없을 때, 아무리 일해도 먹고살기 버거울 때, 미래도 희망도 없는 반복되는 생계 속에서 마음이 해져갈 때, 그리하여 더 이상 심장이 뛰지 않을 때, 나는 죽음을 느낀다. 나는 생존하기 위해 평생 이런 식으로 살아야 한다는 사실과 함께 나이 들어가고, 거울 속에 건조하게 늙어가는 내 얼굴을 마주보며 슬픔을 느낀다. 점차 기울어지는 어둠 속에서 빛을 떠올려도 본다. 그러나 아무것도 없다고 생각할 때, 기대고 싶지만 기댈 사람조차 없을 때, 보고 싶은 사람, 불러볼 이름도 없을 때, 도무지 아무도 떠오르지 않을 때, 고독을 느낀다. 더 이상 아무도 나를 찾지 않는다. 이토록 나와만 질긴 관계를 유지하며 사는 것을 묵묵히 견뎌야 할 때, 나 자신도 나를 체념할 때 무력을 느낀다. 이 삶이 맞는 것인지, 어디서부터 어디가 잘못된 것인지, 나 스스로 갈피를 못 잡고 흔들릴 때 처참함을 느낀다. 이 모든 감정이 매 하루에 속해 있으며 계속 반복될 때 무너짐을 느낀다.

나는 언제나 이 바깥이 두렵다

아무도 나를 모른다. 아무도 나를 떠올릴 수 없다. 아무도, 이곳을 알 수 없고, 아무도 나를, 구제할 수 없다.

자주 환멸을 느낀다. 삶의 회의감이 증폭될수록 나는 암흑 속으로 점점 더 파고든다. 내가 나를 안아주는 자세, 내가 나를 숨기는 자세, 작은 운석처럼 줄곧 그 속에 스스로 부딪히는 몸, 부딪히며 끝없이 굴러떨어지는 몸, 제 안에서 단단해지는 몸, 소리를 질러도 발설되지 않는 몸, 비명만으로 이루어진 몸.

이제 인간에게는 어떠한 기대감이 없다. 나를 둘러싼 화려한 세상의 불빛들이 더 이상 내 감각을 통과하지 못한다.

나는 언제나 이 바깥이 두렵다. 세상의 기압이 거세게 짓누르는 날들이 반복되면 나는 강대한 어떤 존재의 의지로부터 나도 모르게 점령되곤 한다. 긴 혀를 늘인 채 꼬리를 흔들며 무언가 이끄는 세계로 점차 끌려가는 기분이든다. 세상의 평가, 세상의 잣대, 화려한 감각들, 가십과 시선, 그리고 세상이 정한 관습들, 한번 그 속에 들어가면 미약한 원심력으로는 도무지 나올 방도가 없다. 무리를 이룬 인간세계와 권력의 손은 나약한 존재들을 쉽게 낚아채 간다. 내일도 미래도, 하나뿐인 이 목숨도 마치 내 관여가 아닌 것처럼 내 의지로 아무것도 할 수가 없기에 이른다. 삶은 이앞에 너무나 거대한 주인이고 나는 작고 나약할수록 아무도 모르는 미래로 자꾸 끌려가는 것이다.

마치 낯선 생의 한복판에 내팽개쳐진 것만 같은 느낌, 세상에 나오자마자 영문도 모른 채 닭장으로 이동하는 닭처럼, 목줄을 한 채 끌려가는 짐승들처럼, 이 좁은 사각 공간 밖으로는 구경꾼들로 가득하고 이제 영문도 모른 채 주어진 것들을 해야 하는 것이다.

단지 내 인생을 살고 싶었다. 살고 싶었다. 이런 말은 이곳에선 금기이다. 아무도 이런 말을 해서는 안 된다. 얼굴 안쪽을 꼭 걸어 잠근 채 나는 웃어야 한다. 모두는 웃어야 한다. 그것이 이곳 세상의 규칙이다.

무너짐이라는 악몽

여기 어떤 하나의 감정이 확대되고 있다. 누군가에게 인정을 받고자 하는 자아가 나를 능가한다. 지나친 욕구와 지나친 포기가 동시에 들끓는다. 미친 열정과 미친 태만함이 서로를 붙잡고 나뒹군다. 그것이 급기야 내 통제 위에 군림하려 할 때, 나는 파괴됨을 느낀다. 감정의 자아와 내가 대적하고 있다. 나는 나를 수렁으로 몰아간다. 더 이상 갈 곳 없는 모퉁이에서 나의 나는 삶의 급소를 가격한다. 하나뿐인 심장을 부여잡고 소리 잃은 비명을 지른다. 이제 내가 나와 뒤엉키며 함께 추락한다.

떨. 어. 진. 다.

너무 많은 감정이 이 안에 가득 차오를 때, 빛 한 점 없이 서서히 잠식하는 나락 속에서 서서히 죽어가는 생명을 느낀다. 발버둥 치며 구원을 외친다. 아무도 없다. 아무도 듣지 않는다.

이제 발끝이 닿지 않는 미궁을 향해 있다. 나는 미궁이라는 허상을 만들고 그 안에 혼돈을 풀어넣는다. 나는 혼돈을 만들고 그 안에 스스로 빠져버린다. 나는 스스로 빠져서 그 안에서 죽어가는 사람이다. 내가 만든 하나의 허상이 어떻게 주인공을 집어삼키는가. 또한 저편 숨어서 관찰하는 내가 있다. 감정과 나 사이, 힘의 균형이 깨지는 순간, 이제 나오는 길을 영영 잃고 만다. 다시 뭍으로 올라오기까지 어쩌면 많은 시간을 더 허우적대야 할지도 모른다. 대부분 우리는 우리가 만든 감정에 자주 매몰되곤 한다. 서서히 정신이 소멸하는 동안에도 나는 풀린 두 눈으로 언제 어디서 이상한 폐허를 짓고 있을지 모른다. 마음의 허상을 사실이라 믿는 순간, 그렇게 고요한 내면을 열고 들어갈 열쇠를 완전히 상실하고 마는 것이다.

허상에 매몰된 자아는 혼자 일어설 힘도 사물을 분별할 영혼도 없는 상태가 된다. 유배를 내린 것도, 사형선고를 한 사람도 삶의 이 무기한의 권태를 쌓아 나도 모르게 드높은 무덤을 짓고 있다는 것도, 실은 외부적인 요인이 아니며 나와의 사투라는 것도, 내가 나를 공격하고 있다는 사실도 나는 인지하지 못한다. 나는 나를 버리고 이제 감정을 맹신하고 있다.

내가 나에게

지쳐 들어올 때면 다 그만두고 싶고 다 내려놓고 싶다는 생각이 먼저 든다. 이 치열하게 생존해야 하는 인간 세계에서 벗어나 오롯이 혼자 살아갈 수만 있다면 좋겠지만 아무리 둘러봐도 그런 천국은 어디에도 없는 듯하다. 가난한 나는 이곳 인간의 삶에서 벗어나 유유자적하며 살아갈 생존 법을 발견하지 못했다. 전쟁 속에서 상처받지 않을 방법도, 이따금씩 다쳐 들어온 이 작은 나의 공간, 이 작은 나의 내면에서 자주 짓밟힌 생명과 꺼져가는 동화를 다시 불지피는 일을 해야 했다. 다만 정신은 식물성을 유지하되 현실에서는 동물성을 지닌 채 살아가는 것, 포식자와 피식자의 생리를 이해하고, 서로가 공생하고 적자생존을 위한 방법을 모색하고, 최후까지 포기하지 않는 것. 인간이라는 생태계에서 자발적으로 동떨어져 나오지 않겠다는 것. 그러나 다치지 않으며 가장 낮고 넓은 정신으로 인간의 생을 기록하는 것. 그렇게 나는 힘겨울 때마다 숨어들고 싶은 만큼 피하는 방식이 아닌 이열치열의 방식으로 생존해간다. 힘이 들면 더 힘든 일을 도전하기도 하고 하나의 실패 앞에서 멈추기보다는 그 실패가 무용해질 때까지 한 걸음 더 걸어가고자 했다. 도피와 극단을 선택하는 것은 건강한 삶의 방식이 아닌 까닭에 삶의 가장 치열한 그 중심으로 들어가본다.

상처가 두려워 다가올 것들을 모두 피하고 싶지는 않다. 모두가 그렇듯 상처받지 않기 위해 냉정해지거나 차가운 가슴으로 평생 살 용기는 더 없다. 그 어디에도 섞이지 못하고 세계에서 동떨어져 나와 내가 만든 우물 속에 고립되어 시체 같은 삶을 지속하고 싶지는 않다.

내 자신을 모르는 채로 타인을 알 수는 없으니까, 그래서 때로는 사람들 속에서 내 자신을 발견하기도 하고, 타인을 통해 삶을 재정립하기도 한다. 그렇게 나를 알아간다는 것은, 고립된 무인도에서 사유하는 것이 아니라 현실의 중심으로 들어가 몸소 부딪혀보아야 하는 실존의 영역인 것이다. 삶이라는 것은 이론이 아닌 경험이기에 나의 무한한 생각을 현실에 대립해가며, 실마리를 풀기 위해 시도를 하려 하는지도 모른다.

선천적으로 나는 강하지 않지만, 그래서 자주 짓이긴 마음으로 잠들어야 했지만, 사면초가의 벽장 안에서 아무도 나 대신 나를 구원해주는 사람은 없다. 아무도, 아무도 이 무거운 내 삶을 대신 살아주는 사람이 없다. 아무도 이 아픈 시간을 대신 울어주지 않는다. 삶과 죽음 역시 나의 몫이므로 이제부턴 오롯이 내가 나일 수 있도록 단단한 마음의 힘을 길러야 한다.

세상 사람들 앞에서 외톨이가 될지언정 내 자신과는 격의 없이 지내고 친근하길 바라랬다. 내 자신과는 적이 되고 싶지 않았다. 감정, 아픔, 상처 그것을 안아주는 포용력을 갖기를, 냉철하게 관찰하고 때로는 관대하기를. 나는 이제 나에게 자주 안부를 물어주고자 한다.

나의 자리

      감정이 우세해지면 삶의 자리가 나도 모르게 바뀌어버리곤 한다. 그러면 나는 이제 감정의 지배 아래 머물게 된다. 그것은 미숙한 어린아이처럼 어두운 불안과 자주 손잡는다. 손길이 닿는 것마다 잡아끈다. 속수무책으로 포박된 나는 우세해진 그것을 다스릴 방도도 벗어날 방도도 없다. 그것이 가슴을 꼭 옭아매고 벼랑 끝까지 몰고 갈 때도 나는 이 지나갈 환영에 눈이 멀어 악몽을 꾸는 사람이 되곤 한다.

      다행인 건 그 무엇도 영원히 머물지 않는다는 것이다. 세상을 다 얼려버릴 듯 시린 겨울도, 심장을 꼭 쥐고 숨을 조이며 흔들어대는 이 아픔도, 계절이 변화하듯 다시금 사라질 것이다. 아무 일도 없다는 듯 감정은 다시 떠나가고 나는 잃어버렸던 일상을 부드러운 무언가로 채워나갈 것이다. 주변의 사물을 가지런히 바라보게 될 것이다. 제자리에 있는 것들. 여전히 거기 있는 것들, 언제나 곁에 있던 사람들. 결국, 혼돈을 만들고 환영을 만들어 스스로 발버둥 치는 것은 세상이 아니라 세상이라 믿었던 나의 착각뿐이었을지도 모르겠다.

　　　감정과 환상, 커져가는 생각은 실재가 아니므로 이제는 사실 아닌 감정을 자꾸만 강하게 믿고 의지하려 들지 않기를 바랄 뿐이다. 감정은 내가 아니므로 자꾸만 어린아이처럼 그것을 나와 합일시키는 오류를 더는 범하지는 않기를 바랄 뿐이다. 그저 가만히 다가오는 그것을 붙잡아 가두지 않고 무심코 흘려보내거나 가벼이 여길 수 있었으면 좋겠다. 왔구나, 그리고 가는구나, 가만히 분리해서 바라볼 수 있었으면 좋겠다. 그렇게 어떤 감각이 이곳을 불현듯 스칠 때, 이제는 그것에 휘말리기보다는 적당히 어울리다 놓아줄 수 있다면 좋겠다. 감정을 분류하고 그것이 나에게 영향을 끼치기 이전에 내가 원래 있던 나의 자리를 꼭 지켜냈으면 좋겠다고 생각한다.

제자리에서 나를 기다리고 있는 것들

깊은 어둠 속에서 헤매고 간신히 올라온 대지 위에는 따뜻한 태양 볕이 결을 만들며 내 품을 꼭 끌어 안아주고 있다. 나는 하나의 생이 나에게 더 주어진 기분이 든다.

이 시선은 또 다른 내가 살아남아 바라보는 인식의 풍경이다. 오묘한 마음의 색채가 뒤섞여 만들어낸 황홀경이다. 서서히 높아지는 하늘, 그것을 나는 감상하는 사람. 그것을 바라보며 눈물을 흘리는 사람. 그것을 바라보며 다시금 막 태어난 사람. 나는 그것을 바라보며 깊이 감동하는 사람. 삶의 그 아름다운 심연, 그리고 살고 싶은 것들.

그렇게 모두 그 자리에 그대로 있었다. 편안한 풍경 속을 걸어 들어간다. 이곳엔 어떤 위협적인 요소도 없다. 온화하게 이마를 쓸어내리는 미풍을 받으며 거세고 요란했던 것은 어쩌면 여기선 유일하게 나 하나뿐일지도 모른다 생각했다. 이런 생각에 다다르면 가까스로 나는 다시금 이

전의 평정을 되찾은 것이다.

　　　주변은 언제나 변함없이 있었다. 굳건한 나무처럼 한동안 보이지 않았던 풍경이, 그 보드라움이, 무엇 하나 쉽게 피지 않아 아름답다고 말할 수 있는 작고 연약한 것들이 잔바람에도 잎새를 팔락이지만, 뿌리 깊은 것들은 쉬이 떨어지지도 뽑히지도 않는다는 사실. 그게 내 마음만 같았으면, 심지를 마음의 중심에 깊숙이 내려 어떤 바람으로부터도 안전했으면, 마음을 다시금 회복하게 하고 남은 자리를 둘러볼 수 있는 이 시간도, 꼭 바람이 지나간 후 알 수 있는 법인가 보다 생각이 들 때면 다행이라고 안도를 하는 것이다.

　　　가지런히 제자리를 되찾은 거리에는 사람들이 오고 간다. 나는 나를 잠시 유보한다. 밝아오는 태양빛을 받고 서 있다. 이제 죽음을 견디고 있다는 생각이 서서히 태양빛에 말라간다. 비로소 나는 다시 세상을 향해 걸어간다.

어쩌면 모두, 마음의 일

　　나는 나로서 살아간다. 어떤 폭우가 휘몰아치더라
도, 볼품 없이 젖은 내가 군중 속에서 갈피를 잡지 못하고
서성이더라도, 나는 나로서 걸어간다. 경멸과 질투, 환락과
욕구, 파도 위에 부서져내려 뒤엉키는, 눈부시게 화려한 삶
의 유혹들이 여기 와 뛰어내리라고 손짓하더라도, 나는 나
로서 걸어간다. 때로는 내가 나를 등지고 도망치고자 할 때
도, 나를 잃은 상실감이 불면에 들게 하더라도, 나는 나로서
찾아간다.

　　나는 다시금 나로서 서 있다. 소진했던 마음의 힘
을 모아 내면을 가꾼다. 생동하는 것들, 나무들, 나무에 앉은
새들을, 풀벌레 소리를, 태양을, 바람을, 계절마다 잊지 않
고 피어나는 꽃을 울타리 안쪽에 심는다. 그렇게 풍경이 자
리를 잡아 활기를 찾으면 내 삶의 중심축을 따라 거대한 궤
도가 만들어질 것이다. 마음의 위력을 믿는다면 세상이 나

를 따라 움직이고 또 세상에 속한 사람들이 동시에 따라 움직이지만, 만약 움츠러들거나 마음을 움직이지 않으면, 내가 세상을 따라 움직이게 되고 사람들을 따라가게 되므로.

세상에 휘둘리지 않으며 영향력을 행사하며 살아간다는 것, 그리고 그 힘을 지속하고 총괄한다는 것은 많은 각성과 몰입이 필요하지만, 힘을 모아 살아간다는 것, 마음은 그 무엇도 할 수 있다는 것. 나는 그것을 믿고 온전한 자력으로 거대한 하루를 굴리고 있다.

우리는 진정 위로하는 법을 모른다

　　　타인이 지금 어떤 행위를 한다면, 그는 그 순간 그
것을 해야 하는 것이다. 만약 타인이 지금 당신을 향해 운다
면 그는 지금 울어야 하는 것이다. 그는 당신을 믿고 있다는
의미이다. 살아보지 않은 삶에 대해선 아무것도 알 수도 말
할 수도 없다. 다만 타인이 나에게 소중한 사람이라면 그것
을 하도록 조용히 존재해주는 것. 가만히 그것을 할 수 있도
록 믿어주고 기다려주는 것. 어쩌면 곁에 존재해주는 그 방
식만이 서로에게 진심으로 위로와 용기를 전할 수 있는지도
모른다. 힘든 상황이 찾아오는 것은 모두에게 속수무책이니
까, 삶은 시시때때로 우리의 멱을 잡고 흔드는 것이고 아무
도 그것을 피할 방도는 없으니까, 다만 내가 지금 괜찮다고
하더라도 내 곁에 누군가 아파한다면 나는 아프지 말라는
말을 함부로 말할 재간이 없다. 나도 아파본 기억이 있기 때
문이다. 그러나 많은 사람들은 타인의 무너짐을 감히 안타
까워하거나 동정하거나 그릇된 편견으로 바라본다. 마치 영

원히 힘든 적 없을 얼굴로 쉽게 조언하거나 회피한다. 그러나 아픈 사람은 누군가의 조언에 더 깊은 상처를 받곤 한다. 울지 말라는 말, 힘들지 말라는 말, 예민하지 말라는 말, 네 잘못이라는 말, 그렇게 생각하지 말라는 말, 당신은 누군가에게 이런 위로를 건넨 적 있다. 진심으로 타인의 심정이 되어본다면, 믿는다면 결코 내뱉을 수 없는 말이다. 삶에는 저마다 지나가야 하는 감정과 생의 주기가 다르므로, 온전히 그 시기를 지나가도록 바라봐주는 것만이 최선 같아 보인다. 진정 위로의 언어는 차라리 침묵이거나 말없는 믿음이거나 펑펑 울어라. 는 말일지도 모른다. 차라리 같이 울어주는 편이 나을지도 모른다. 곁에 가만히 존재해줌으로써 다시금 용기를 낼지도 모른다. 타인의 아픔을 공감할 수 없는 사람들이야말로 외롭고 아픈 사람들. 영원히 아프지 않을 듯 마음을 속이는 우리는 진정 위로하는 방법을 모르는 어른이 되어간다.

숱한 사람들 속에서 무너져내리더라도 나를 알으켜주는 사람은 한 사람이면 충분하다는 생각이 든다. 나를 살리는 사람. 어떤 어려움을 같이 바라보아도 한결같이 있어주는 사람, 거기 있어주는 사람. 그러니까 나는 자주 울기도 하지만, 가만히 그럴 수 있다고 말해주는 사람. 아프다고 말하면 그럴 이유가 있을 거라고 믿어주는 사람. 방황 속에서도, 때로는 오해 속에서도 절대적으로 믿어주는 사람. 나락에서 벗어나 지금처럼 다시 웃을 때면 아무렇지 않게 같이 웃어주는 사람. 가만히 거기서 존재해주는 사람. 넘어지려 하다가도 나는 그들에게 내가 어떤 존재가 되어줄 수 있을까 생각해본다. 믿음, 단지 존재의 믿음. 그것만이 인간에게 가장 좋은 명약 같다는 생각도 든다. 어쩌면 그게 삶의 전부라는 생각도 든다.

의지의 영역

1.

이렇게 가끔씩 현현하는 1초의 선명함 때문에 이다지도 컴컴한 암흑을 더듬으며 살아 있는 것 같다는 생각이 든다. 불확정한 삶에서 이런 한순간의 확신 때문에 나는 조금씩 연장된다.

의지는 이따금씩 죽음으로 치솟다가도 이내 살기를 원하는 것, 그것은 사라지는 것이 아니다. 욕정과 갈망, 슬픔과 좌절, 모두 긍지의 또 다른 이름이므로 숱한 어둠과 실명의 계절 속에서 끝없이 모습을 바꾸며 등장하는 이 의지 때문에 살아갈 수 있는 것이다.

2.

때로는 힘을 빼도 좋다. 이 삶을 구하는 건 타인도, 타인의 위로도 아닌 자신뿐이지만, 또한 구하려 애써 수고롭지 않아도 살아지는 이 삶에 나는 너무나 많은 애를 쓰며 살고 있는지도 모른다. 그러나 무모하게 전부를 쏟아부은 그것이 삶의 전부는 아니었음을 재차 반복하며 이 순간 그저 고요히 흘러가는 것. 손바닥을 떼면 더 많은 것을 만질 수 있다는 걸 알면서도 종종 몸을 한껏 수축해 잠들곤 하지만, 웅크리며 이 악물고 살지 않아도 삶은 그대로 지속되는 것이고 결국 불필요한 힘을 쓰는 것 또한 나일 뿐이니까. 온 몸을 꼭 쥐고 아무도 침범할 수 없는 마음을 만든다면 주먹만큼의 그 마음을 제외한 전체는 분명 나를 아프게 하는 풍경들로 다가오는 거니까. 손바닥을 활짝 펴듯, 세상을 받아들이는 순간, 모든 풍경은 아무런 힘을 들이지 않고 내 손 위에서 확장될 것이다. 단지 쉽지가 않을 것이다. 오래 웅크린 손을 서서히 펴려고 하면 손가락이 굳은 것 같고 쥐가 나고 잘 펴지지 않을 것이다. 나는, 잠시 그 불편을 감내하고 있는 중이다.

3.

　　어쩌면 우리는 이 삶을 너무 사랑하기 때문에, 더 자주 아프고 더 많이 고민하게 되는지도 모른다. 붙잡으려 할수록 어려운 것이 많았다. 때론 그저 흘러가게 내버려두는 것만이 구원 같기도 하다. 남들보다 더 많은 고통과 아픔을 다채롭게 겪어낸다는 건 다행이라고 말할 수 있겠다. 그것만으로도 가치 있고 위대한 이력은 없을 것이라고, 늘 아프고 연약했던 내가 나를 다독이기도 한다. 나 자신만의 위로 속에서 울음을 그치는 일이 많았다. 그러니까 우리는, 마음이 빛이 나고 있는데 알아채지 못하고 이상하게도 자신을 자꾸만 꾸짖는다. 스스로 움츠러든다. 어쩌면, 우리는 자기 자신에게만큼은 제일 가혹하지 않을까 싶다. 냉정한 자신만 거둬내면 아름다움뿐이다. 충분히 아름다운 삶을 살고 있다고 믿을 것이다.

〈이, 별의 사각지대〉 중에서

당신에게

1.

　　이렇게 마주한 당신과 나는 마치 한 번도 나간 적
없는 좁은 방에서 서로를 바라보는 것 같다. 벽에 걸려 있는
거울 속의 자신처럼 우리는 무관하면서도 긴밀한 어떤 생활
로 지속되는 것도 같다. 우리는 존재를 멸시하면서도 등 뒤
로 함께 살고 있는 형제 같다는 생각이 든다. 우리는 전혀
다른 시간이 흐르는 얼굴처럼 근접해 있다. 표정의 뒷면에
누구에게도 들키지 않은 깊은 계곡을 지니고도 모르는 척
서로를 바라보고 있다. 활자로써, 이런 지면으로써, 마음의
물줄기는 가장 깊고 고독한 지하 세계에서 한낮의 태양도
모르게 연결되고 있는 것 같다는 생각이 든다.

2.

　　열린 창문 뒤로는 환하게 뛰는 누군가의 생이 있
다. 커튼을 닫으려다 멈춘다. 한없이 낮은 동굴에 기거하는

사람에게도 하늘이 필요하다. 상흔에서부터 눈빛까지 도달하는 통로도 필요하다. 믿음은 세계와 세계를 이어주는 수로가 되기도 한다. 당신과 눈을 마주치고 한참이 지나서야 어쩐지 속수무책으로 생활하는 모든 생명체는 간절한 이 연결 속에서 생존할 수 있는 것 같다는 생각이 들었다. 우리는 우리를 알 수도 위로할 수도 없지만, 우리는 분명 우리가 필요하다.

모든 희망과 욕망, 웃음과 탐욕, 거짓과 환락을 잠재우는 아침이 찾아들면 이제 살 것이라고 믿어본다. 살 것이다. 살아가자. 이제 다시 살아볼 것이다.

참으로 외롭고 끈질긴 시간을 보내며 나는 한 가지의 생각을 한다. 우리는 어차피 세상 속에서 아무도 알아주지 않는 고아 같지만, 서로를 안아주고 보호해주는 타인은 더 이상 없지만, 삶을 극복한다고 해서 또다시 무너져내리지 말라는 법도 없지만, 자주 방황했으므로 우리는 하나의 능력을 더 가지게 되었으니 그건 힘든 이들을 알아보는 눈 같은 것. 당신은 더 넓은 마음으로 누군가를 안아줄 수 있는 사람이 되었다는 것. 그것만으로 되었다는 것.

나는 당신의 삶을 응원한다. 외롭고 아파도, 세상이 당신을 등지고 삿대질해도, 당신 자신이 걸어야 할 길이

217

있다면 그 길이 절대적으로 맞다고 말해주고 싶다.

무조건 맞다고 말해주고 싶다. 그러니 자신을 의심
하지 말고 반드시 일어나 살아라. 살아가라.

김봉철   눈이 가득 쌓인 날, 뒤에 올 이를 위해 먼저 걸으며 발길을 내는 사람보다는 눈이
                       다 녹고 나서도 아직 잔눈이 남은 것 같다며 움직이지 않는 사람이 되고 싶다. 다
                       정하고 따뜻한 것은 다른 이들이 하도록 두자.
                       Instagram @pololop117

김현경   사람들의 이야기가 궁금합니다. 이야기를 형태가 있는 무언가로 만드는 데에 관
                       심이 많습니다. 〈아무것도 할 수 있는〉을 엮고, 〈폐쇄병동으로의 휴가〉〈취하지 않
                       고서야〉〈여름밤, 비 냄새〉 등을 썼습니다.
                       Instagram @vanessahkim

손현녕   살고 싶습니다.
                       넘어져도 다시 일어나는 캔디처럼
                       떨어져도 다시 튀어 오르는 용수철처럼.
                       Instagram @momentary_me

안리타   마음을 다해 삽니다.
                       무가지 〈우리들의 청춘, Portrait〉 독립출판물 〈이, 별의 사각지대〉〈사라지는, 살
                       아지는〉〈구겨진 편지는 고백하지 않는다〉〈모든 계절이 유서였다〉〈우리가 우리
                       이기 이전에〉〈사랑이 사랑이기 이전에〉
                       독립출판 전시 〈찢고 나온 문장들〉
                       Instagram @hollosi

오수영   영원한 순간은 없다는 것을 알면서도, 그 순간을 어떻게든 잡아두려는 애달픈 마
                       음이 비로소 영원을 끌고 온다.
                       산문집 〈진부한 에세이〉〈우리는 서로를 모르고〉〈날마다 작별하는〉과, 메모집
                       〈순간을 잡아두는 방법〉 등을 썼다.
                       Instagram @myfloating

오종길   무너짐이 명사가 아니라 동사임을 깨달은 시간이었습니다. 무너져내리는 중입니다.
                       〈체크 오프〉〈속옷을 고르며〉〈같은 향수를 쓰는 사람〉〈나는 보통의 삶을 사는 조
                       금 특별한 사람이길 바랐다〉 등
                       Instagram @choroggil.ohjonggil_meog

이학준   1990년 9월 1일생. 〈괜찮타, 그쟈〉〈그 시절 나는 강물이었다〉〈동이 틀 때까지〉
                       총 세 권의 수필집을 냈습니다.
                       Instagram @hakduri

무너짐

1판 1쇄 발행 2020년 2월 3일

지은이	손현녕 오종길 이학준 김현경 오수영 김봉철 안리타
발행인	이상영
편집장	서상민
기획 편집	이상영
디자인	서상민 이미원
마케팅	손주우
교정교열	안덕희
인쇄	피앤엠123
펴낸곳	디자인이음
	2009년 2월 4일:제300-2009-10호
	서울시 종로구 효자동 62
	02-723-2556
	designeum@naver.com
	blog.naver.com/designeum
	instagram.com/design_eum

값 15,000원

ISBN   979-11-88694-59-4 03810